오늘도 문구점에 갑니다

꼭 가야 하는
도쿄 문구점 80곳

하야테노 고지 글·그림
김다미 옮김

귀가 후 남모를 즐거움

작가가 문구점을 즐기는 방법

문구점을
두근거리며
돌아보다 보니
문구점 책을
쓰게 되었습니다

단골 문구점과 교류

잠시 구경

신제품 체크

아이디어 충전

내 취향 발견

매장에서 첫눈에 반할 기회

애용품 만나기

내 취향 문구가 가득한 문구점을 발견하는 기쁨

여러분은 어떤 문구를 갖고 계신가요? 그건 어디서 사셨나요?

문구 마니아 일러스트레이터인 저는 일로도 사적으로도 곳곳의 문구점에 아주 많은 신세를 지고 있습니다.

백 년도 넘은 노포 미술용품점, 신진 디자인숍, 새롭게 뛰어든 디자이너나 바이어……. 도쿄에는 매력 넘치는 문구점이 곳곳에 있습니다. 문구점마다 매장 디스플레이, 오리지널 굿즈 제작 등 개성과 전략이 가득합니다.

그런 곳을 직접 찾아 마음에 드는 문구를 손에 쥐어보면 그 매력에 흠뻑 취하고 맙니다. 점장님, 점원분들과 나누는 문구 이야기도 직접 찾아가는 즐거움 중 하나이고요.

이 책을 읽고 '문구점, 가고 싶다' 하는 마음이 움튼다면 좋겠습니다.

1 문구점 즐기는 법

보고 만지고, 세계관을 만끽한다

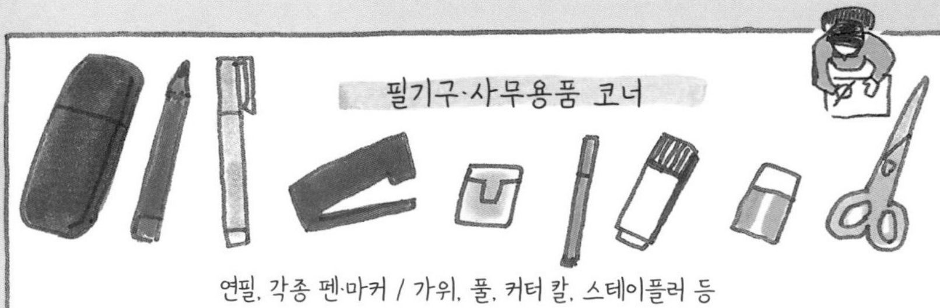

필기구·사무용품 코너

연필, 각종 펜·마커 / 가위, 풀, 커터 칼, 스테이플러 등

카테고리별 코너

테마별
용도별
색상별 등
독자적인 구성

강력 추천 코너

주력 상품
계절 상품
한정 상품
세일 상품 등

입구

미술용품 코너

수채화·유화 등 창작 도구, 만들기 재료 등

문구점에 들어가면 먼저 상품 진열 방식, 가게 분위기를 살펴봅니다. 대부분의 문구점은 테마별로 코너가 나뉘어 있을 텐데요. 어떤 테마가 있고, 어떤 상품을 추천하는지 체크합니다.

매장 안의 가구나 장식도 놓칠 수 없죠. 가게마다 신경 써서 주문 제작한 진열장과 테이블, 세계관을 표현하는 장식 등으로 공간을 연출하기 때문입니다. 돌아보면서 가게의 콘셉트를 파악하고, 자신과 잘 맞을지 느껴볼 수 있습니다.

눈길이 가는 상품이 있다면 가게에서 준비한 상품 소개문을 읽어보고, 테스트용 샘플을 만져보고 써보세요. 마음에 드는 문구점에는 정기적으로 방문해 신상품을 체크하거나, 관심 있는 문구에 대한 정보를 얻으면서 즐겨보셨으면 합니다.

문구점의 특징을 방문 전에 알아볼 수 있으면 편리합니다. 점주나 바이어의 생각에 따라 상품이 선택되고, 코너가 마련되기 때문입니다.

특히 체크해야 하는 건 오리지널 굿즈 코너. 이 코너의 상품을 보면 해당 문구점이 어떤 테마에 공을 들이는지 알 수 있습니다.

오리지널 외에는 일본 제조사의 문구와 해외 제조사의 문구로 나뉘는데요. 가게별로 진열 콘셉트가 다르고, 어떤 곳은 아예 섞어서 진열하기도 합니다. 스케치가 취미인 사람들을 위해 미술용품을 마련해둔 곳, 노트 등을 직접 만들 수 있는 곳도 있고요. 매장에 카페 공간이 있는 경우에는 쇼핑 전후로 휴식을 취할 수 있어서 좋죠.

이 책에서는 가게의 특징을 아이콘 여섯 개로 가게 이름 위에 표시해두었습니다. 꼭 체크해보세요.

2 문구점 즐기는 법 특징을 파악하고 마음에 드는 곳을 찾는다

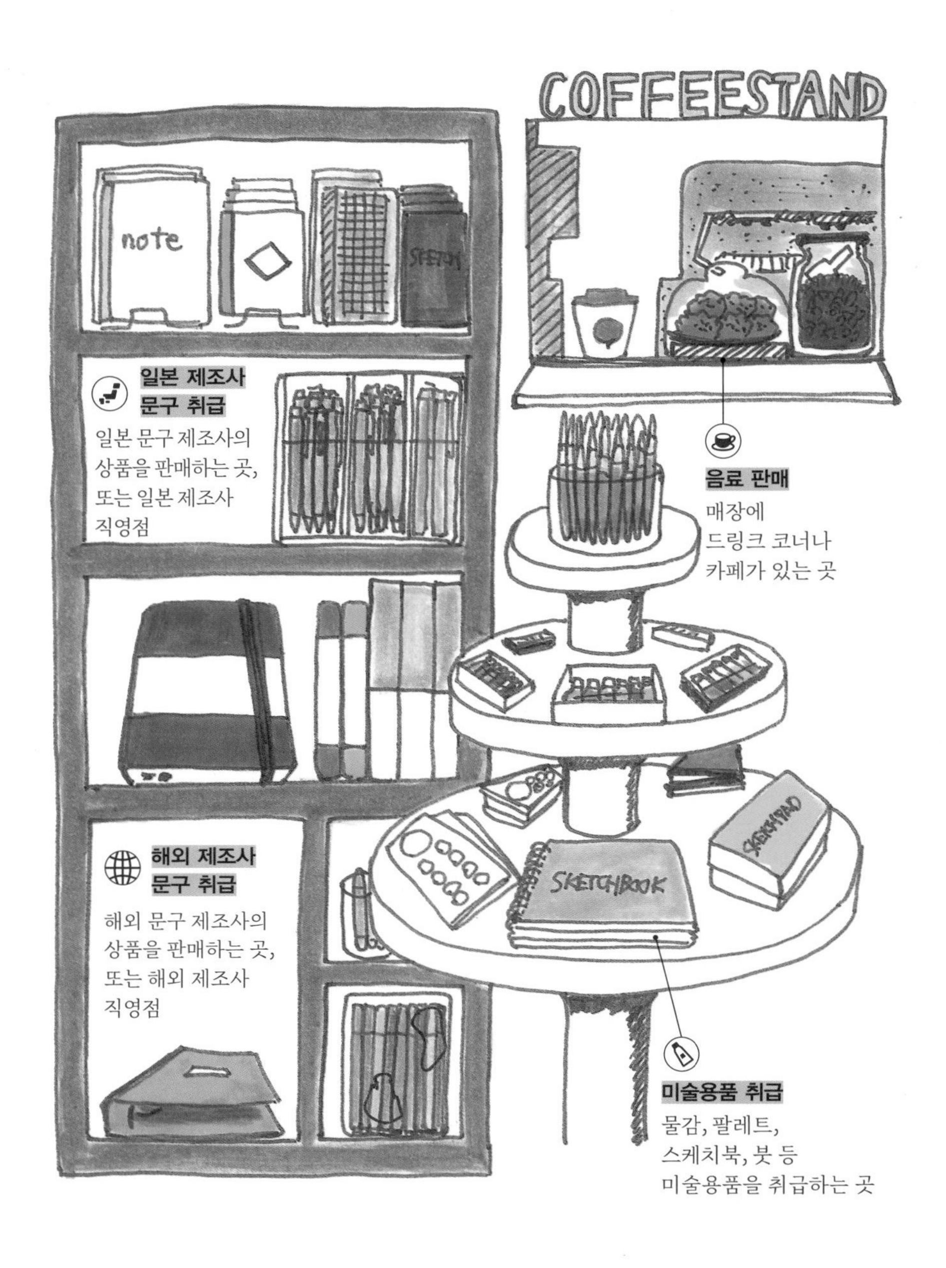
COFFEESTAND
note
SKETCH
일본 제조사 문구 취급
일본 문구 제조사의
상품을 판매하는 곳,
또는 일본 제조사
직영점
음료 판매
매장에
드링크 코너나
카페가 있는 곳
해외 제조사 문구 취급
해외 문구 제조사의
상품을 판매하는 곳,
또는 해외 제조사
직영점
SKETCHBOOK
SKETCHPAD
미술용품 취급
물감, 팔레트,
스케치북, 붓 등
미술용품을 취급하는 곳

CONTENTS

Chapter 01

긴자 銀座

교바시 京橋

Chapter 02

마루노우치 丸の内

오테마치 大手町

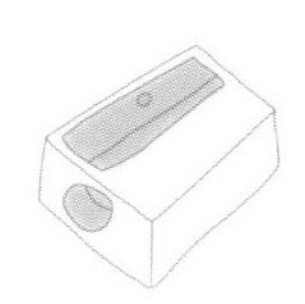

오늘도
문구점에 갑니다

Chapter

Chapter

Chapter

Chapter

일러두기
- 본문은 원서와 동일하게 우에서 좌로 페이지가 흘러갑니다.
- 고유명사는 외래어표기법에 준하여 표기하되, 일부는 예외를 두었습니다.
- 이해를 돕기 위해 명칭에 한국어 설명을 첨가하여 표기한 부분이 있습니다.
- 본문 내 주는 옮긴이주이고, 빨간색은 의미를 보충, 검은색은 일본어를 우리말로 풀어 쓴 것입니다.
- 코로나19 등으로 인한 점포 운영 변동 사항은 부록을 참고 부탁드립니다.

Chapter

Chapter

Chapter

Chapter 01

긴자 · 교바시

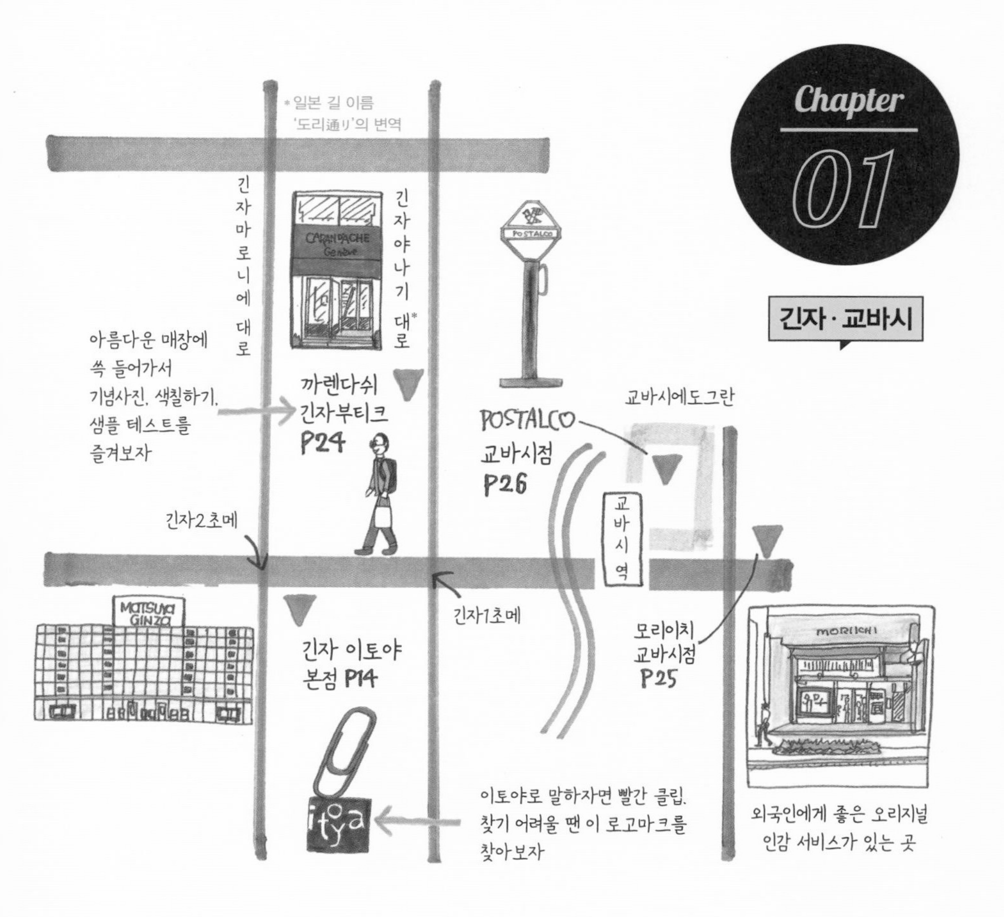

백화점이나 브랜드의 로드숍, 안테나숍 등 긴자의 문구점은 버라이어티하다. 노포가 많은 지역이라 가게의 역사를 찾아보고 방문하면 더 재밌다. 긴자에 들른다면 문구점 순례도 꼭 해보길 추천한다.

나는 긴자의 문구점을 자주 찾는다. 취미이기도 하지만, 외국인 관광객이 많은 이 지역 특성상 문구점 풍경에서 일본 문구에 대한 관심을 읽을 수 있기 때문이다.

좋아하는 코스는 '긴자 이토야 본점'부터 '도쿄 규쿄도 긴자본점'을 거쳐, '겟코소 화재점'까지 가는 것. 실용적인 문구, 고급 만년필, 미술용품 등 찾고자 하는 문구를 모두 만날 수 있다.

어느 문구점에서 시작할지 정한 뒤 긴자부터 교바시까지 시간이 허락하는 만큼 돌아보자.

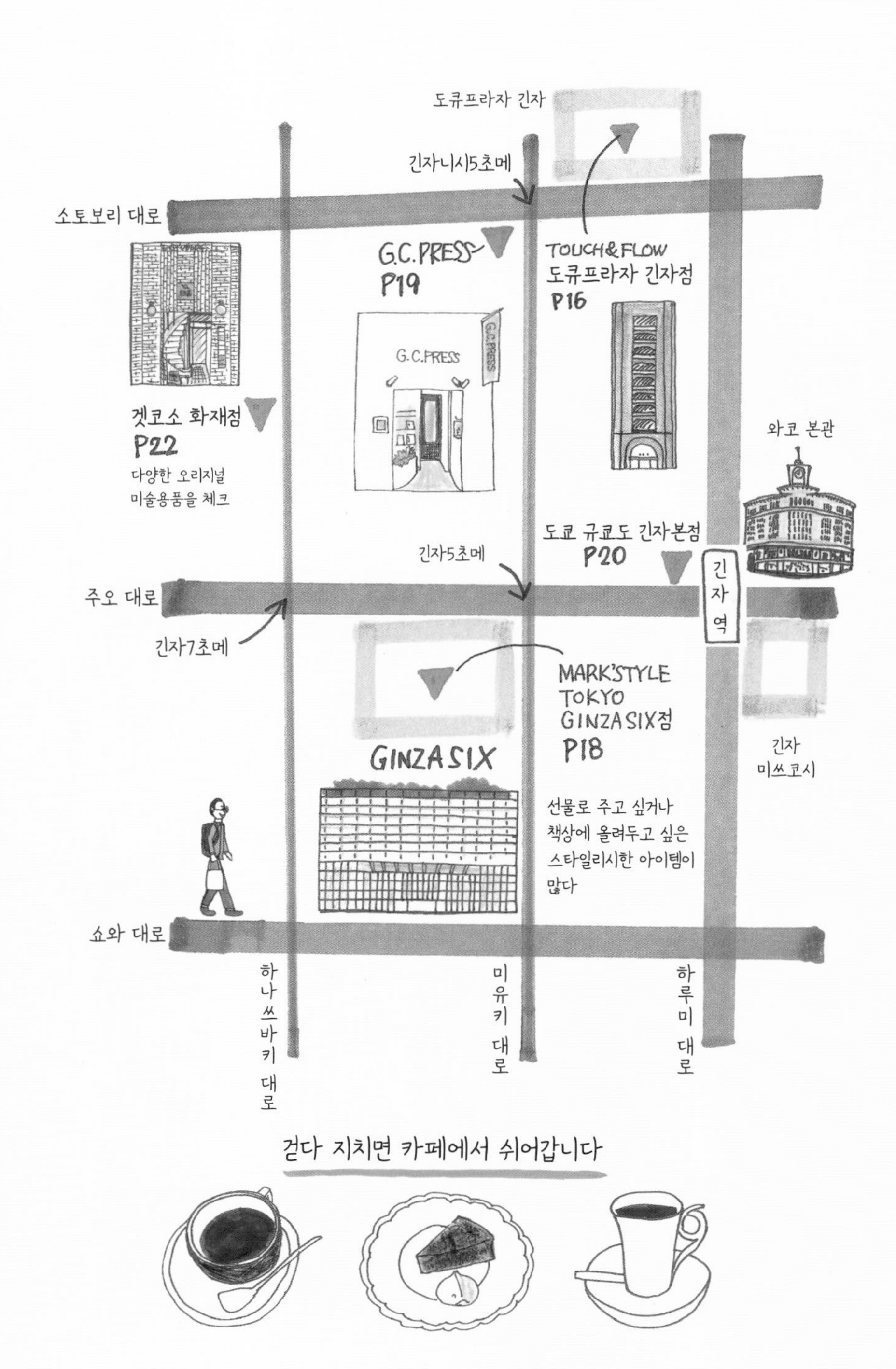

도큐프라자 긴자
긴자니시5초메
소토보리 대로
G.C.PRESS
P19
TOUCH&FLOW
도큐프라자 긴자점
P16
G.C.PRESS
겟코소 화재점
P22
다양한 오리지널
미술용품을 체크
와코 본관
도쿄 규쿄도 긴자본점
P20
긴자5초메
주오 대로
긴자 역
긴자7초메
MARK'STYLE
TOKYO
GINZASIX점
P18
GINZASIX
긴자
미쓰코시
선물로 주고 싶거나
책상에 올려두고 싶은
스타일리시한 아이템이
많다
쇼와 대로
하나쓰바키 대로
미유키 대로
하루미 대로
걷다 지치면 카페에서 쉬어갑니다

올라갔다 내려갔다
하루 종일 머물 수 있는 문구 공간
긴자 이토야
본점
銀座 伊東屋 本店
Nomad's Nook
Wi-Fi, 콘센트를 갖춘
무료 공간
스마트폰 체크…
TRO
World City Tag
5F
ColorFlag Ball point Pen
선박 신호 깃발 컬러
시스템 다이어리도 풍부
4F
일 년 내내 다이어리 구입 가능
2019
2019
2019
언제든 새로 시작할 수 있다
점원과 상담해서
고급 필기구를
골라보자
3F
우체통이 있어서
여기서 편지를 써서
보낼 수 있다
2F
우선
드링크 바에서
수분 보충.
레모네이드
꿀꺽꿀꺽.
시원하다
1F
POST
Drink
펜도 써볼 수 있어서 좋다
이토야 순례 시작!!

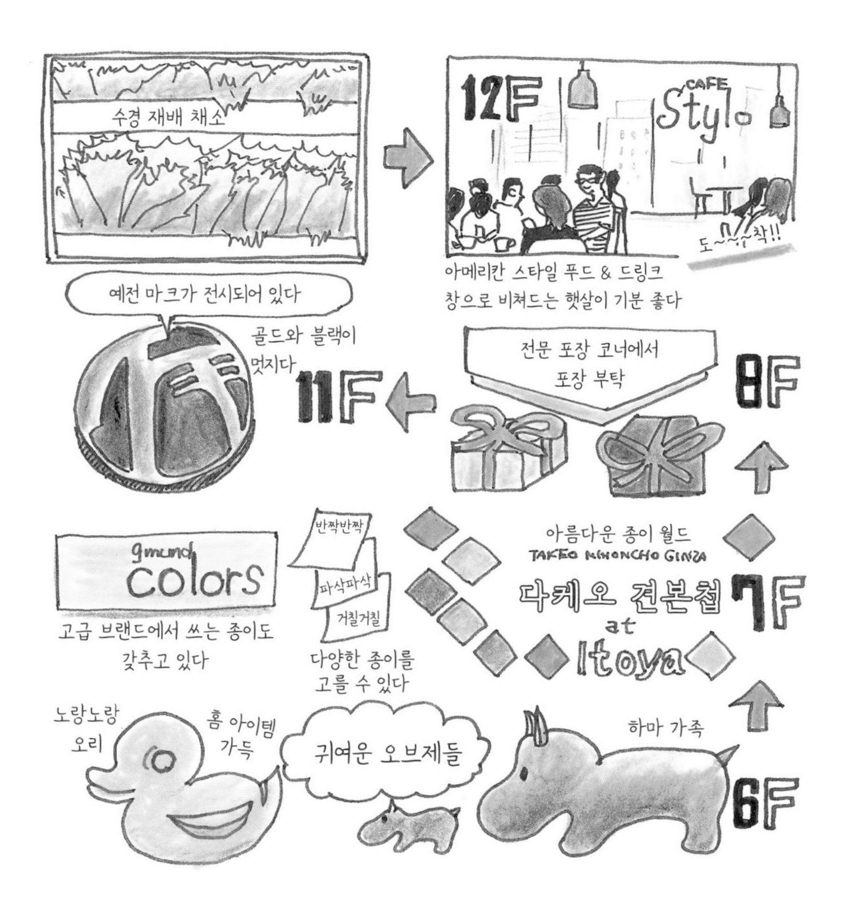

1904년 창업한 문구 전문점, 이토야. 빨간 클립 마크로도 친숙하다. '긴자에서 볼일이 있을 땐 이토야에 들르자.' 내 머릿속에서 긴자와 이토야는 늘 한 세트다.

1층 드링크 바의 신선한 레모네이드 추천. 2층 편지 코너에서는 만년필을 대여해주고, 편지·엽서를 보낼 수 있는 우체통도 있다. 3층은 고급 필기구, 4층에서는 관심 가는 수첩을 직접 만져보고 고를 수 있다.

7층 다케오 견본첩에서는 컬러풀한 종이 샘플집을 배경으로 사진을 찍어보자. 12층에 있는 경치 좋은 카페 레스토랑도 인기다. 11층에서는 카페 레스토랑에서 쓰이는 채소를 재배하는 스마트팜도 구경해볼 수 있다. 아, 지하 1층도 잊지 말 것. 매력적인 문구 이벤트가 자주 개최되니 이벤트 정보를 꼭 체크해보자.

SHOP COMMENT 2층에서는 오리지널 디자인 우표를 판매하고, 11층에는 창업 당시의 점포 모형이 전시되어 있습니다. 본점의 테마는 '구매하는 장소에서 머무는 장소로'. 매장에서 느긋하게 시간을 보내보세요.

숄더백

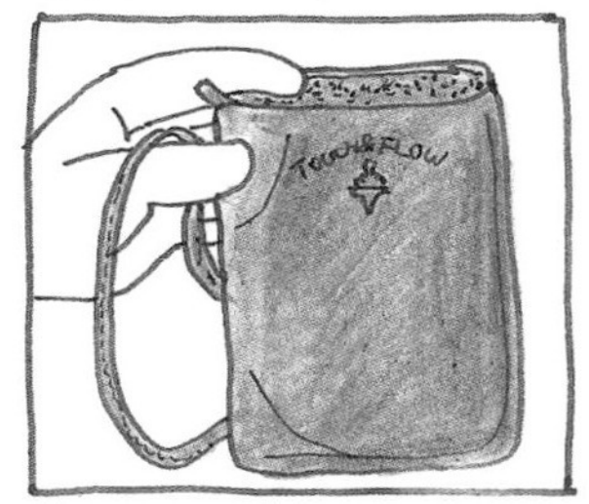

감촉 좋은 고급 말가죽

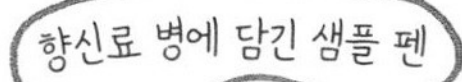

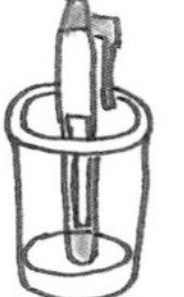
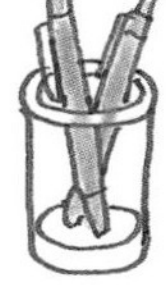

이런저런 펜을 MD용지에 써보자

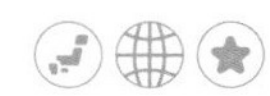

폐점

서랍을 열어 만나는
나의 첫 문구

터치 앤드 플로
도큐프라자 긴자점
TOUCH&FLOW
東急プラザ銀座店

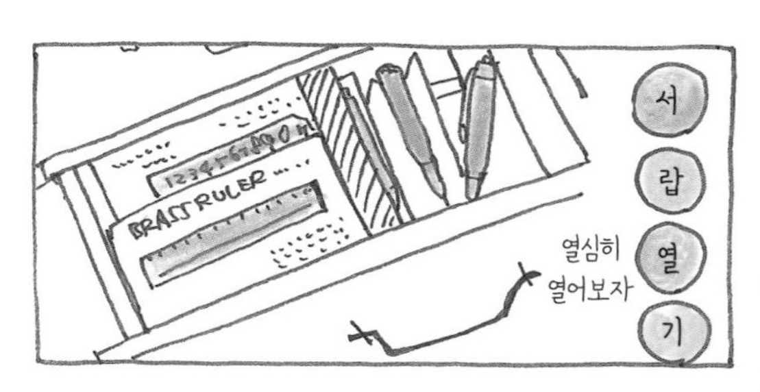

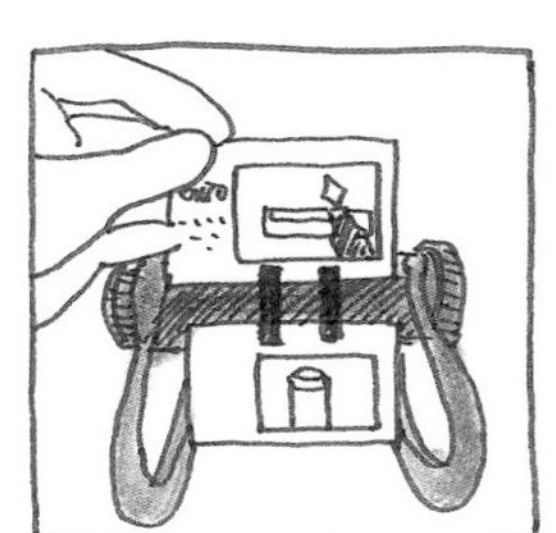

나이스 아이디어!!

만년필과 잉크 정보는
명함 홀더에
정리되어 있다

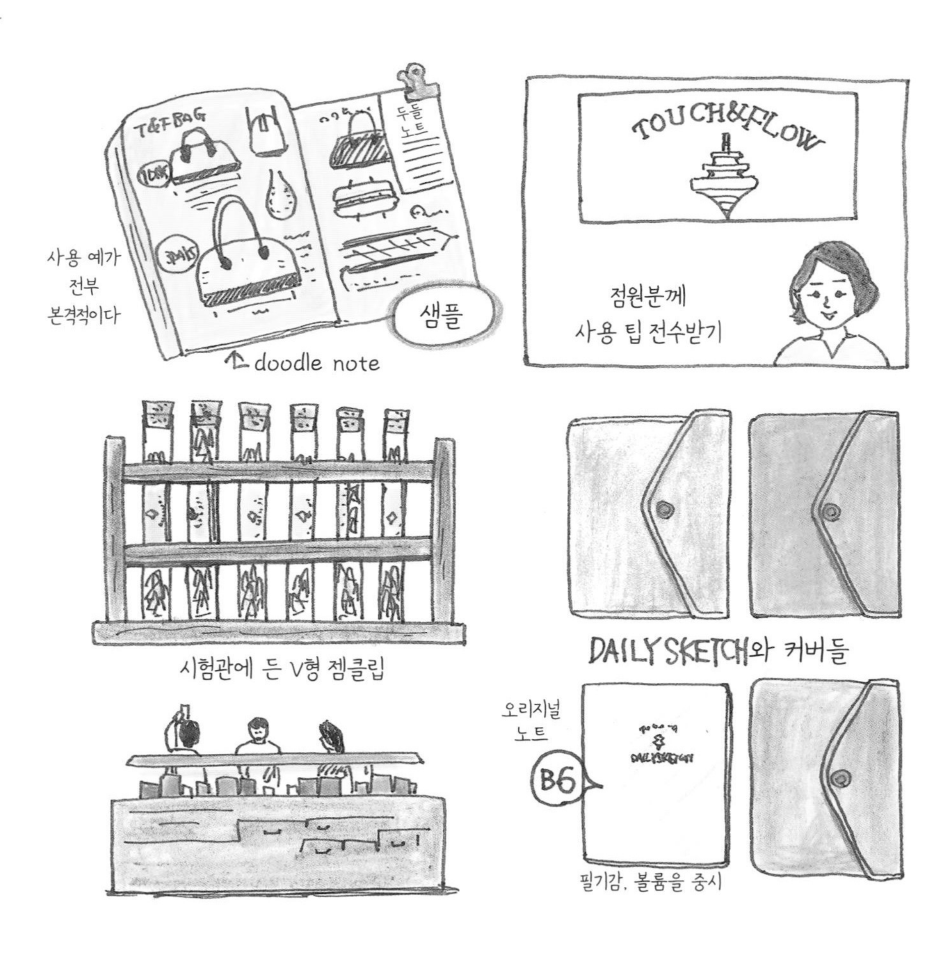

새로운 라이프스타일을 제안하는 회사 '디자인필'이 설계에 참여한 어른을 위한 문구점. 밝은 매장에서 가장 눈에 띄는 건 5미터 길이의 카운터 가구. 서랍을 열면 정성 들여 마련한 상품이 아름답게 진열돼 있다.

오십 종류 이상의 필기구를 느낌 좋은 MD용지에 써볼 수 있는 코너도 있다.

점원이 만든 만년필 잉크 샘플집이나 사용 예가 담긴 샘플 노트도 참고가 된다. 가능하면 점원과 이야기를 나누고 사용 팁을 전수받기를!

오리지널 노트는 가방에 수납하기 좋은 B6 사이즈로 필기감이 좋고 두께도 적당하다. 여기서 고른 필기구로 노트에 스케치를 하고 싶어진다.

SHOP COMMENT 문구를 좋아하는 분은 물론, 문구와 친숙하지 않은 분도 즐기실 수 있는 매장입니다.
기간 한정 오리지널 포장지 등도 준비해두었으니 소중한 분께 선물할 때 꼭 이용해보세요.

정면 분위기가 근사함

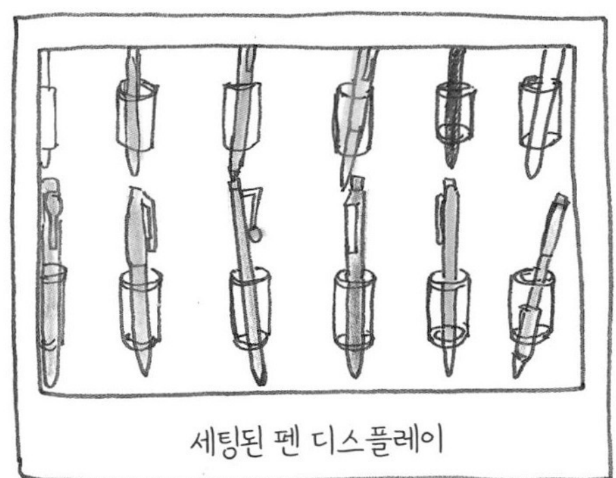
세팅된 펜 디스플레이

마크스 제품도 가득

잡화 회사 마크스의 직영점. 오리지널 수첩과 노트, 마스킹테이프 등 책상 주변 문구가 갖춰져 있다.

기능과 디자인에 신경 쓴 다양한 아이템을 종횡으로 가득 디스플레이. 매장 입구에 새로운 콘셉트의 상품, 안쪽으로 갈수록 전통적인 상품을 두는 등 진열 방식도 매력적이다.

'문구왕'으로 알려진 다카바타케 마사유키* 씨가 셀렉트한 문구 코너도 육 개월마다 신상품이 추가되니 체크해보자.

*《궁극의 문구》 저자

진열 시 신경 쓰는 부분을 묻는 중

자사의 종이 문구를 판매하는 지.시.프레스 매장에는 긴자 특유의 차분한 분위기가 감돈다.

'행운의 모티프'가 엠보싱 가공으로 인쇄된 아이템에 주목하자. 접는 카드, 메시지 카드, 시향지 책갈피, 스티커, 편지지에 태양·장미·토끼 등이 디자인되어 있다.

편지나 소식, 메시지를 받는 사람과 상황을 생각해서 모티프를 골라보는 건 어떨까.

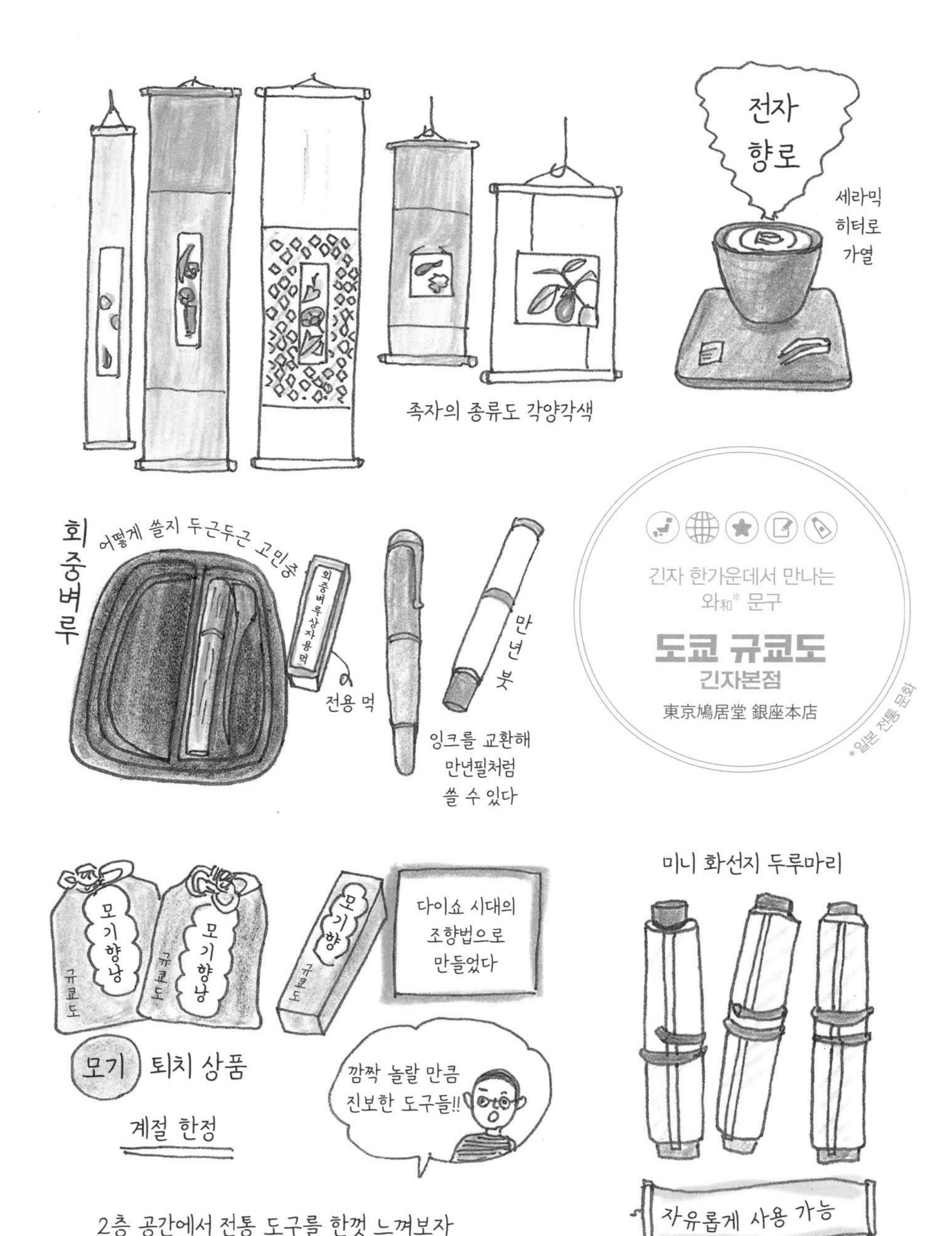
전자
향로
세라믹
히터로
가열
족자의 종류도 각양각색
회중벼루
어떻게 쓸지 두근두근 고민중
회중벼루상자용먹
전용 먹
만년붓
잉크를 교환해
만년필처럼
쓸 수 있다
긴자 한가운데서 만나는
와和* 문구
도쿄 규쿄도
긴자본점
東京鳩居堂 銀座本店
* 일본 전통 문화
미니 화선지 두루마리
모기향낭
규쿄도
모기향
다이쇼 시대의
조향법으로
만들었다
모기 퇴치 상품
계절 한정
깜짝 놀랄 만큼
진보한 도구들!!
자유롭게 사용 가능
2층 공간에서 전통 도구를 한껏 느껴보자

와 문구가 필요할 때 찾는 곳이 있다. 관광객이 북적이는 긴자4초메 교차로, 거기서 걸어서 오 분 정도 거리에 있는 도쿄 규쿄도다.

1663년 교토에서 시작, 도쿄로 수도가 옮겨지자 긴자에 출점했다. 현재 건물이 완성된 것은 1982년경이다.

와에 대한 지식과, 전통에 해박한 점원분이 매장에서 따뜻하게 손님을 맞이한다. 노포 특유의 안정감을 즐기며 문구를 상담하는 손님도 많다. 손님이 어떤 용도로 상품을 사용하려는지 경청하고 정성껏 조언해주어 좋다.

특히 서예나 향도香道* 등 전통을 배우는 사람에게 아주 든든한 곳이다. 일본 느낌의 기념 선물을 사러 일부러 찾아오는 관광객도 많다.

*향을 감상하는 예법

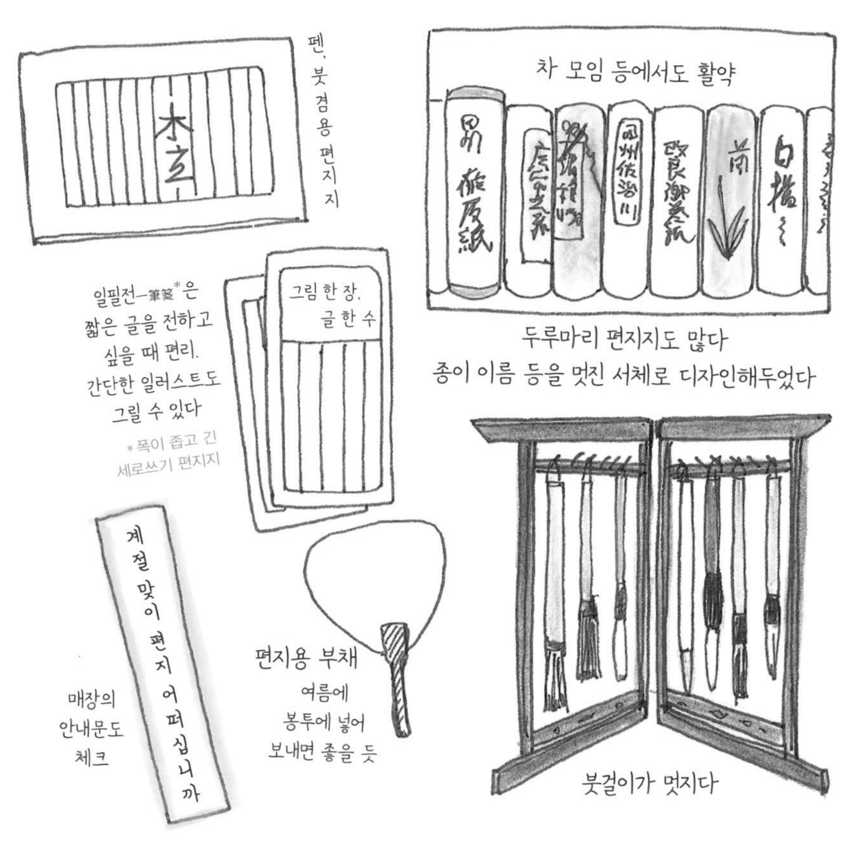

SHOP COMMENT 향이나 서화용품, 편지지, 엽서 등의 전통 종이 제품을 전문점다운 구성으로 갖춰두었습니다. 일본 전통의 화려함을 느낄 수 있는 와 소품도 인기입니다.

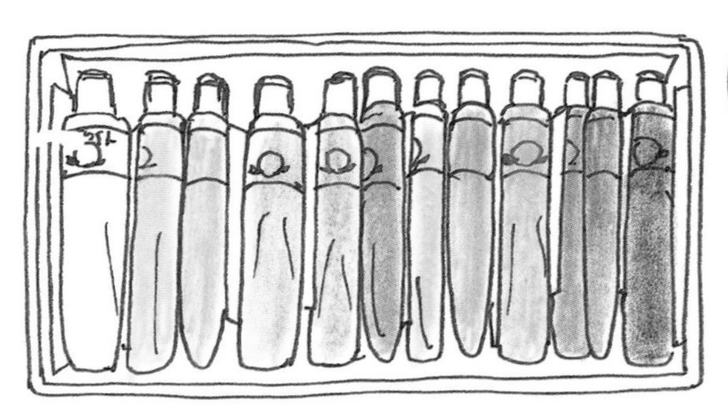

아크릴 구아슈 12색 세트
사용하기 쉬운 튜브 형식이라 좋다

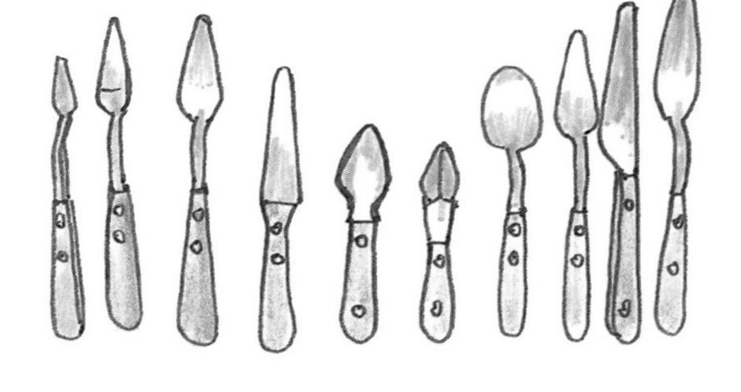

여러 가지 문구

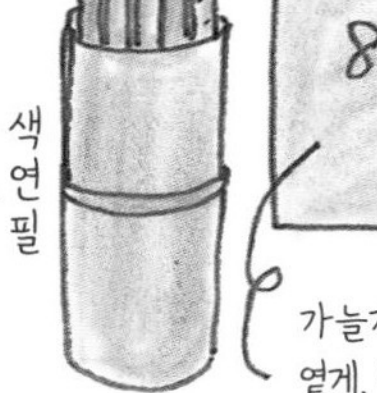

8B 연필

이것
한 자루면
오케이

가늘게, 두껍게,
옅게, 진하게 등등
여러 표현이 가능

미술용품과 문구를 즐기며
고르는 팝한 아트숍

겟코소
화재점
月光荘画材店

토트백에 그림 도구를 채워
어딘가 멀리 떠나도 좋을 듯

겟코소 간판 제품, 스케치북

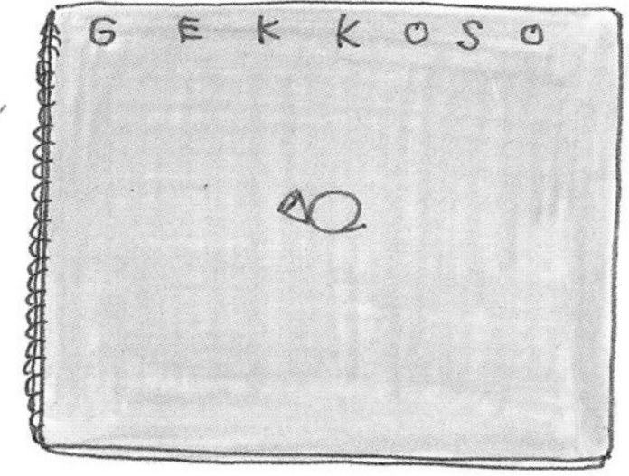

신특아쓰 / 특아쓰 / 아쓰 /
우스 / 우스텐 / 컬러북 등 종류가 풍부!*

* '아쓰'는 두꺼운 종이, '우스'는 얇은 종이,
'우스텐'은 점이 찍힌 얇은 종이

2017년에 창업 백 주년을 맞은 겟코소 화재점.

"노포라고 긴장할 것 없이, 다양한 메뉴로 채워진 델리숍에서 음식을 고를 때처럼 가볍고 즐겁게 물건을 사면 좋겠다." 그런 생각으로 백 주년을 기념하며 밝고 팝한 분위기로 리뉴얼했다고.

여기서는 유화용, 구아슈, 수채용 오리지널 물감은 물론, 사이즈나 종이 종류가 다양한 스케치북, 8B 연필, 작은 통에 담긴 12색 색연필 등 미술용품과 문구를 마련할 수 있다.

호른 모양의 마크가 들어간 오리지널 가방도 인기로, 겟코샤 팬뿐 아니라 화가들도 다수 애용하고 있다. 그대로 들고 스케치 산책에 나서고 싶어진다.

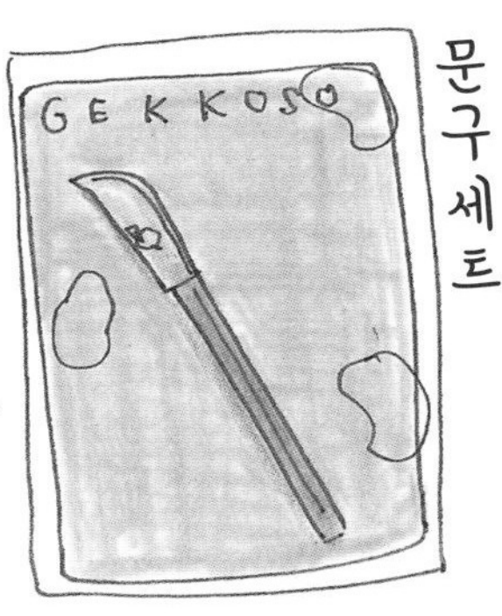

스케치북,
카드,
연필을 골라
선물해보면
어떨까

겟코샤 마크와 같은 모양.
자연스럽게 놓여 있다

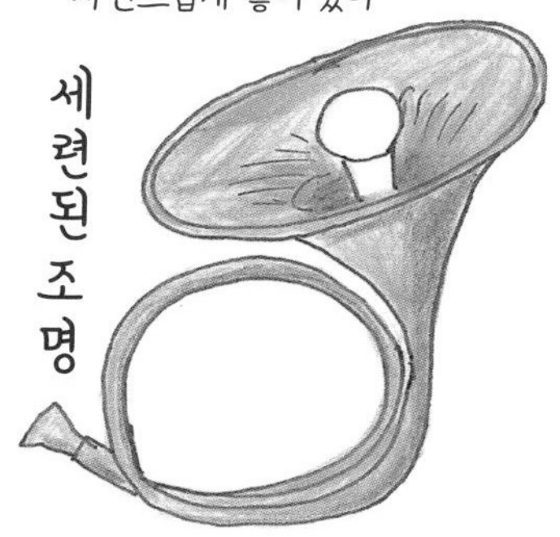

SHOP COMMENT 지하의 액자 공방에서는 소중한 사진이나 그림을 액자로 만들 수 있습니다. 긴자의 전통 과자 노포와 컬래버한 겟코소 양갱 '무지개 속虹の中'도 절찬 판매중입니다. 여기서만 살 수 있어 기념 선물로 좋습니다.

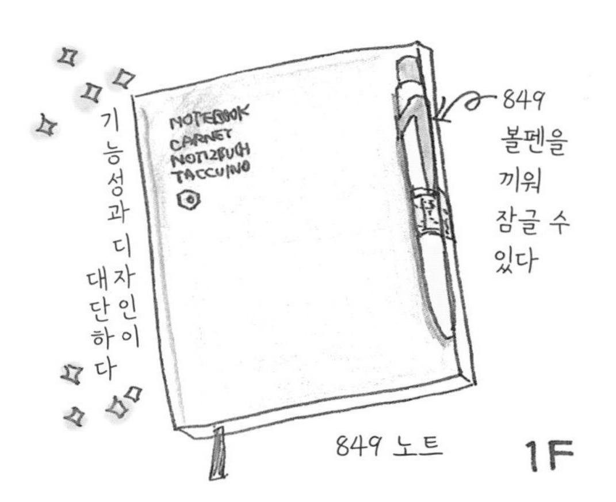

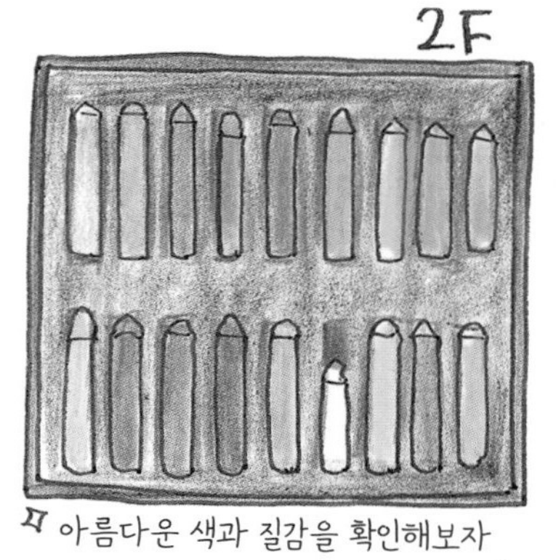

스위스 제네바에 본사를 둔 필기구·미술용품 브랜드의 직영점. 까렌다쉬 제품을 천천히 고를 수 있다. 1층에는 볼펜이나 고급 만년필 등 필기구, 2층에는 색연필 등 미술용품이 있다.

입구 오른쪽의 '849 컬렉션' 오브제는 849 볼펜을 숫자 모양으로 진열한 것으로, 사진 찍기 아주 좋은 곳이다. 계단 쪽 벽에는 전시물이 있고, 까렌다쉬 색연필로 색칠해볼 수 있는 코너가 마련되어 있다.

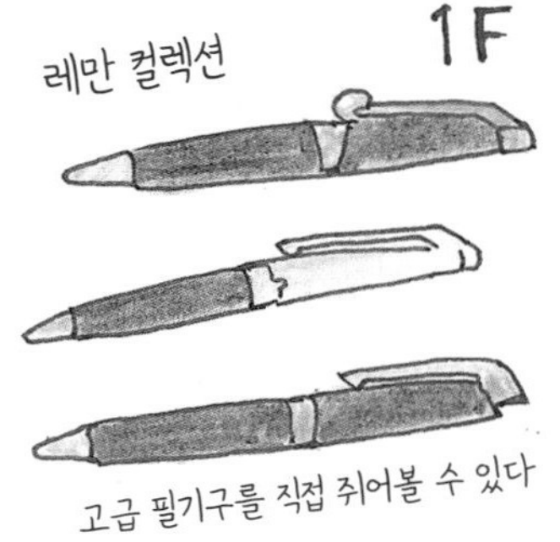

긴자와 니혼바시의 이웃
변화에 적응하는 노포 문구점

모리이치
교바시점

モリイチ 京橋店

모리이치 빌딩을 정면에서 본 모습

재개발이 한창인 교바시 지역. 1872년에 창업한 모리이치는 요쓰야에서 궁내청** 납품을 담당했고, 1906년 교바시로 옮겨 왔다. 필기구 회사 파이롯트와도 거리가 가까워 예전부터 파이롯트 필기구를 많이 갖추고 있다.

도쿄 역, 교바시 역, 다카라초 역에서 가기 좋고, 주변에 호텔이 많다. 아테지当て字***를 사용해 도장을 만들어주는 오리지널 인감 서비스가 외국인 손님들에게 인기라고 한다.

** 일본 왕실 업무를 담당하는 행정기관
*** 소리를 빌려 한자를 표기하는 가차 방식

크리에이티브가 가득한
도서관 같은 지적 공간

포스탈코
교바시점
POSTALCO 京橋店

Snap Pad A4

A4 사이즈 종이를
끼워 쓴다.
레스토랑 메뉴를
끼우는 등
세련된 분위기를
연출할 수 있는 아이템
(A5 사이즈도 있다)

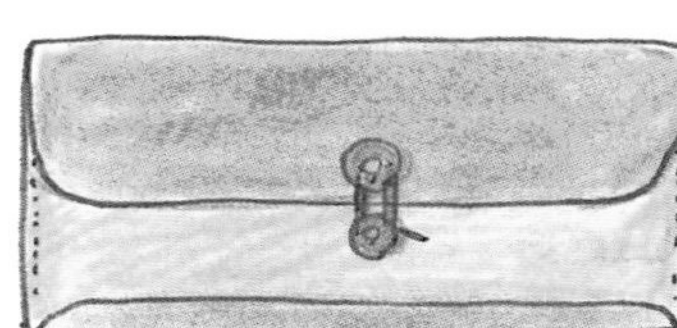

TRAVEL WALLET

열쇠를 끼우는 홀더가
근사하다

관엽식물이 매장을 멋지게 채우고 있다

이 마크를
표지로 삼으면 좋다

그립감 좋은 메탈 펜
매장에서 직접 만나보세요

금속을 한 땀 한 땀
수작업으로 깎아 만든 볼펜

(미쓰비시 교환심 SXR-5를
쓸 수 있는 유성 0.5mm)

Channel Point Pen

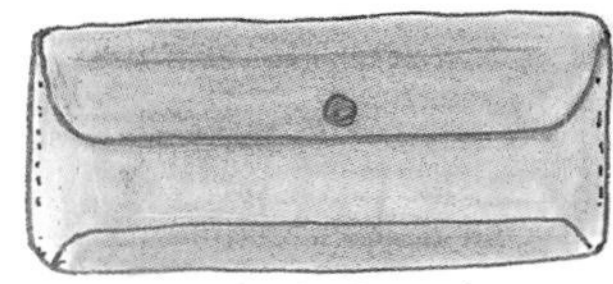

TOOLBOX

그냥 펜케이스가 아니라
뭐든 들어가는 도구함
=Tool Box

여는 방법 설명

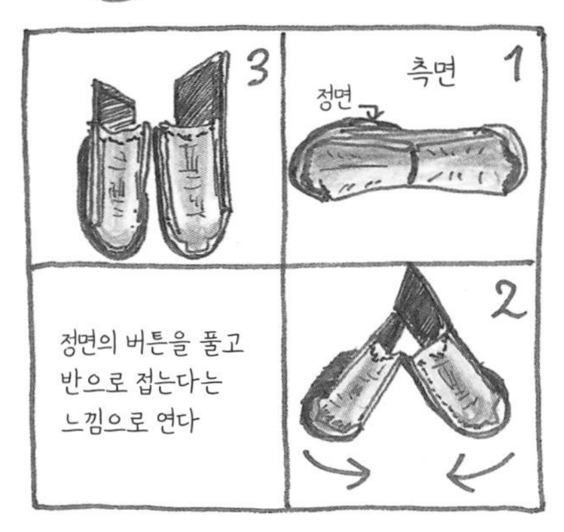

포스탈코에 가면 먼저 밖에서 유리창 너머로 디스플레이를 구경해보자. 빛이 드는 매장 안에는 링 노트 등 간판 상품부터 기간 한정 굿즈, 새롭게 기획한 카테고리 상품들이 보고 만지기 좋게 배치되어 있다.

이 문구가 어떻게 만들어졌는지, 어떻게 쓰면 좋은지 점원의 이야기를 들어보자. 발을 옮기고, 공간에 스며들고, 이야기를 나누며, 문구점에서 할 수 있는 일련의 체험을 여유로운 매장에서 즐겨보아도 좋다.

포스탈코의 제품은 두 명의 디자이너가 만든다. 이상적인 형태를 연구하며 이런저런 시행착오를 거쳐 실력 있는 기술자들과 함께 제작한다고. 그렇게 탄생한 훌륭한 제품들을 많이 구경해보시길.

SHOP COMMENT 가죽 소품이나 레인웨어, 펜, 키홀더, 가방 등 포스탈코의 오리지널 제품을 모두 갖추고 있습니다. 직접 만져보고 테스트해볼 수 있으니 꼭 들러주세요.

도쿄 지하철인 도쿄메트로 한조몬 선과
도자이 선을 갈아타는 사람들이 오가는 지역.
음식점도 있다

오테마치 타워

Neustadt brüder
오테마치점 P38

오테마치

개찰구 안 문구점 두 곳에서는
교통 테마 문구를 체크

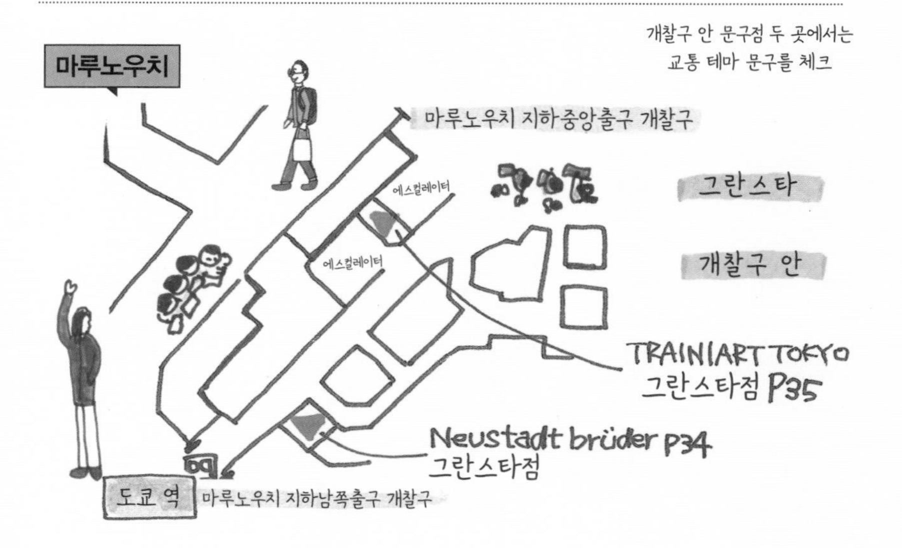

오피스빌딩이 늘어선 마루노우치, 여러 지하철 노선이 모이는 오테마치. 이번 챕터에서는 비즈니스가와 관광지의 얼굴을 모두 가진 도쿄 역 주변의 문구점을 소개한다. 이 지역의 특징은 '안제 뷰로ANGERS bureau 깃테KITTE 마루노우치점'과 같이, 세련된 비즈니스 문구나 선물용 문구를 갖춘 곳이 많다는 것. 점심시간에 잠깐, 퇴근길에 잠깐 들를 수 있는 근처 직장인이 부럽다.

'도쿄의 현관'답게 여행 기분을 내주는 구성이나, 시간 없는 손님을 위한 간단한 진열 방식도 체크 포인트. 매장이 들어서 있는 상업 시설의 콘셉트를 따르는 가게도 많다. 도쿄 역 주변에 방문할 때는 꼭 문구점에도 들러보자.

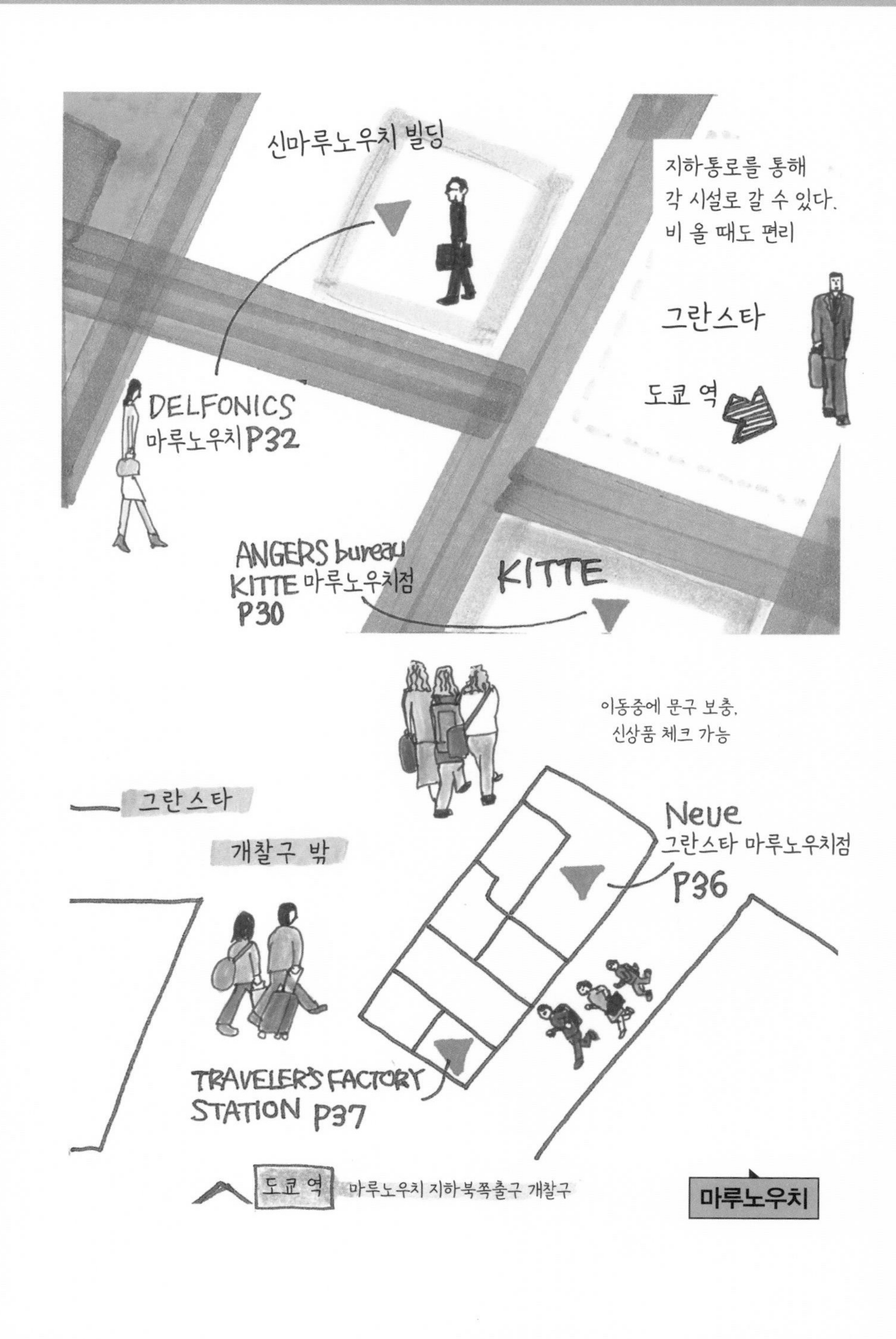

신마루노우치 빌딩
지하통로를 통해
각 시설로 갈 수 있다.
비 올 때도 편리
그란스타
도쿄 역
DELFONICS
마루노우치 P32
ANGERS bureau
KITTE 마루노우치점
P30
KITTE
이동중에 문구 보충,
신상품 체크 가능
그란스타
개찰구 밖
Neue
그란스타 마루노우치점
P36
TRAVELER'S FACTORY
STATION P37
도쿄 역
마루노우치 지하북쪽출구 개찰구
마루노우치

원주형
진열장
역사적인 우편국 자리에 있는
문구로 가득한 서재
안제 뷰로
깃테* 마루노우치점
ANGERS bureau
KITTE 丸の内店
* '깃테'는 '우표'라는 뜻
빙빙 돌며
마음에 드는
아이템을
찾아보자
미니 원고지,
미니 노트, 작은 문구, 작은 필기구 등등.
두근두근 쇼핑해보자

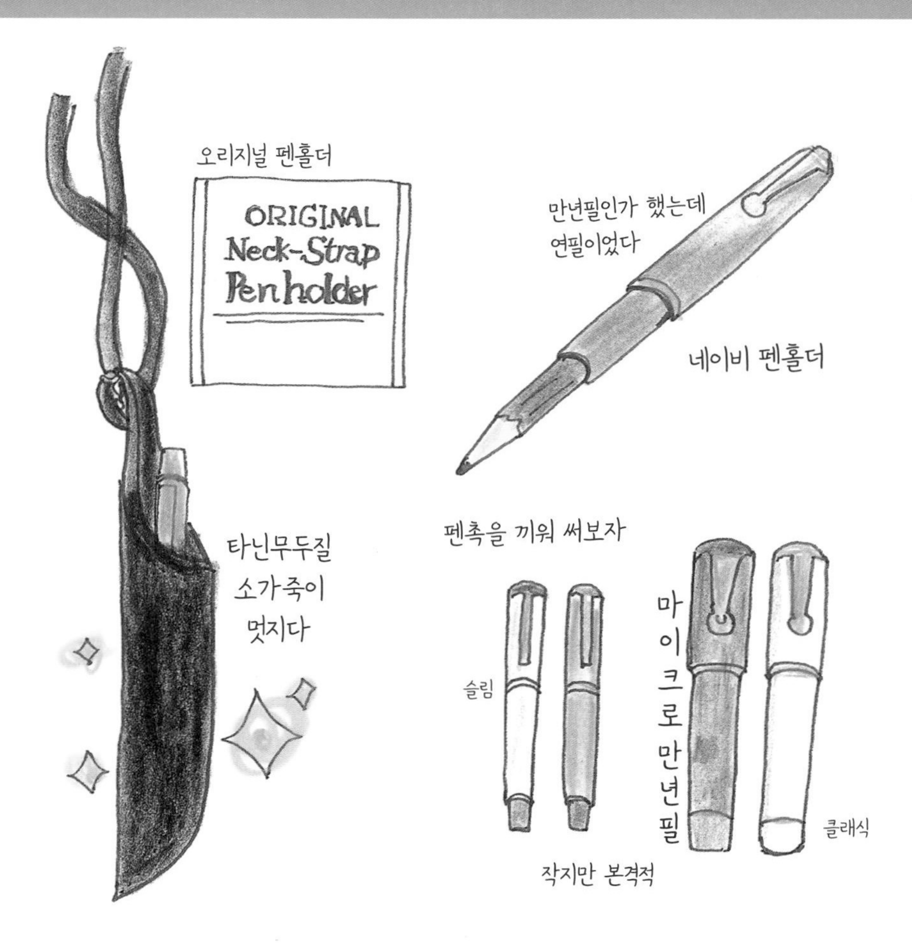

도쿄 역 앞의 상업 시설 깃테 안에 서재 테마 문구·잡화·서적을 취급하는 가게가 있다. 앤티크 필기구, 카메라, 시계, 가죽 소품 등 마음 들뜨게 하는 아이템으로 가득한 매장은 도쿄중앙우편국이 있던 공간 특유의 레트로한 분위기가 감돈다.

평일에는 마루노우치나 오테마치, 야에스에서 일하는 직장인, 휴일에는 국내외 관광객이 방문하는 곳이다. 서적과 문구를 함께 사는 사람이 많다고 한다. 다양한 고객층에 맞춰 두루 편히 사용할 수 있는 검정, 네이비 컬러의 문구를 대표 상품으로 늘 갖춰둔다고. 장소의 특성상 해외 우표, 클래식한 우편 굿즈, 엠보서embosser 등 편지 관련 굿즈도 취급한다.

매장에 들어서면 먼저 중앙에 있는 원주형 진열장을 빙 돌며 마음에 딱 드는 상품을 찾아보기를.

SHOP COMMENT 매장의 커다란 창에서는 도쿄 역사와 신칸센이 보입니다. 미스즈도 제본소와 함께 만든 노트나, 오리지널 잉크부터 가볍게 쓸 수 있는 만년필 등 다양한 상품을 갖추고 있습니다.

입구부터 유럽 느낌 물씬

계산 카운터 뒤쪽 진열장도 멋지다

도쿄 역 앞 신마루노우치 빌딩에는 '문구는 지적인 것이다'라는 콘셉트를 가진 문구 회사 델포닉스의 직영점이 있다.

외관부터 상품 진열장, 유리 케이스, 계산 카운터까지 하나같이 유럽 분위기인 가게. 쇼윈도를 보며 매장에 들어서면 외국 길모퉁이 상점에 온 듯한 기분이 든다.

디자인과 기능성을 겸비한 자사 제품, 마루노우치점 오리지널 아이템, 스마트폰 케이스, 이어폰 등 실용품까지 폭넓게 취급한다. 문구점을 이미지화한 컴필레이션 CD도 있다.

그 밖에 비즈니스 사무용품, 선물용 고급 잡화도 갖추고 있어 마루노우치 직장인들에게 든든한 파트너가 되어준다.

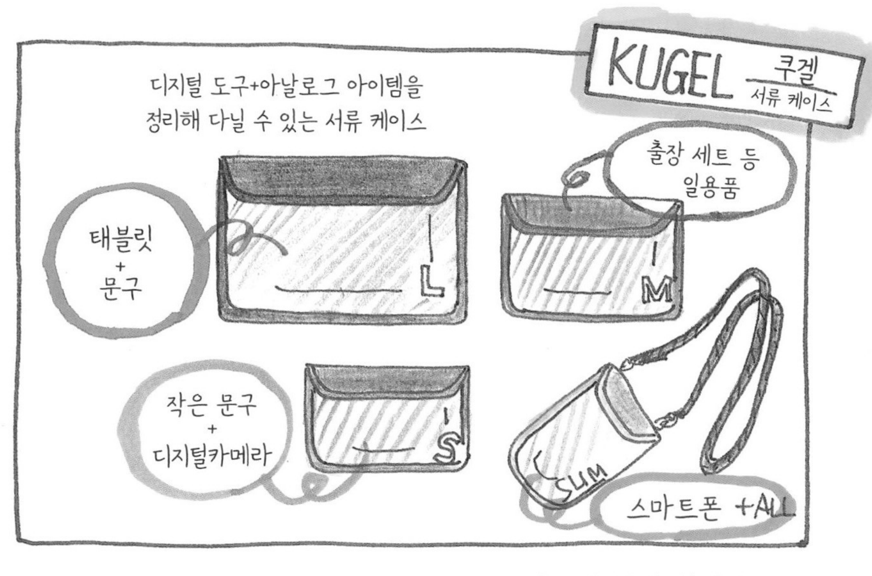

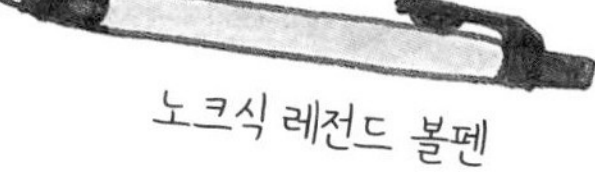

입구의 쇼윈도는 눈으로 즐기실 수 있도록 디스플레이했습니다.
계절에 맞게 선별된 문구, 잡화를 즐겨주세요.

역 안에서 빠르게,
문구와 잡화를 신속 전달

노이슈타트 브루더
그란스타점

Neustadt brüder
グランスタ店

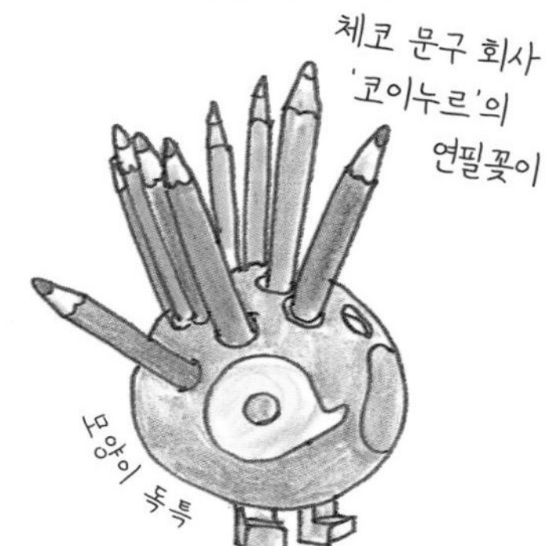

도쿄 역 안 상업 시설 그란스타에 있는 노이슈타트 브루더. 이동중에 꼭 들러보길 추천하는 곳이다. 유럽의 역 구내에 있는 듯한 분위기가 특징이다.

해외 문구나 잡화 등 보기 드문 아이템을 엄선해서 판매하고, 도쿄 역이니만큼 철도 굿즈나 여행책 등도 갖췄다. 사람들이 바쁘게 오가는 곳에 위치해 특히 진열에 신경을 썼다. 전후좌우를 관련짓고, 진열장별로 스토리를 설정해두어 빠르게 쇼핑할 수 있다.

낭만적인 철도 디자인

오리지널 굿즈

이 굿즈는 헤드마크* 배치가 다 다르다!!

* 열차 앞부분에 달린 간판

롤 포스트잇
스티커
손수건 등

문구 회사 미즈시마의 일 시리즈
'역무원의 일' 굿즈가 훌륭하다

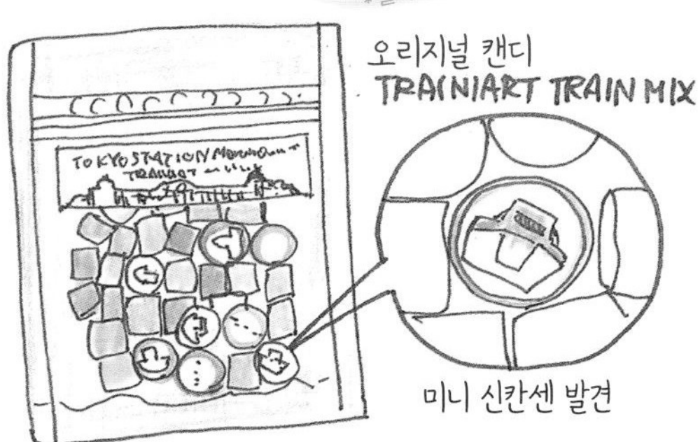

오리지널 캔디
TRAINIART TRAIN MIX

미니 신칸센 발견

기차
좋아하는
친구에게

TRAIN POCHI BUKURO
기차 주머니 파우치

수첩에 붙이거나　　편지에 붙이거나

SEAL BOOK

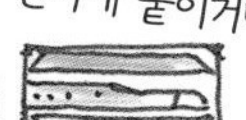

‘철도를 더욱 즐기자’가 콘셉트인 가게. 철도 팬도 인정할 만큼 제대로 된 상품을 추구, 리얼하고 유니크한 굿즈를 판매한다.

진열장에는 코믹한 그림풍으로 유명한 철도 문구, 철도 테마 과자, 철도 모양 수건, 마스킹테이프 등이 가득하다.

철도 팬과 문구 팬 모두가 두근거릴 만한 상품을 갖추고 있어 어린이부터 어른까지 폭넓게 즐길 수 있다.

여행의 출발지에서 만나는
신경 써 만든 철도 문구

트레니아트 도쿄 그란스타점

TRAINIART TOKYO
グランスタ店

귀여움과 재미가 융합된
고베 감성 문구를 만나보자

노이에
그란스타 마루노우치점

Neue グランスタ 丸の内店

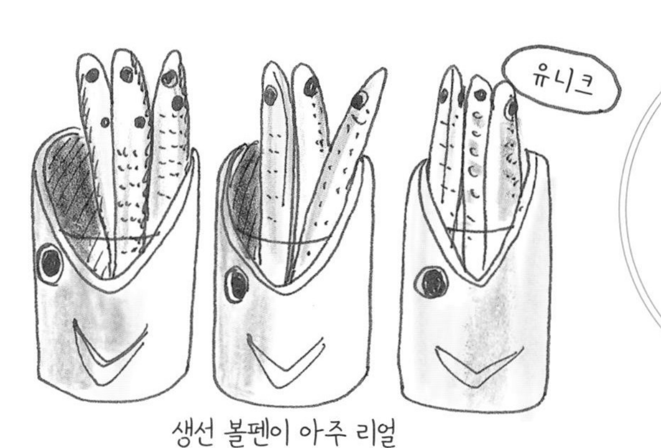

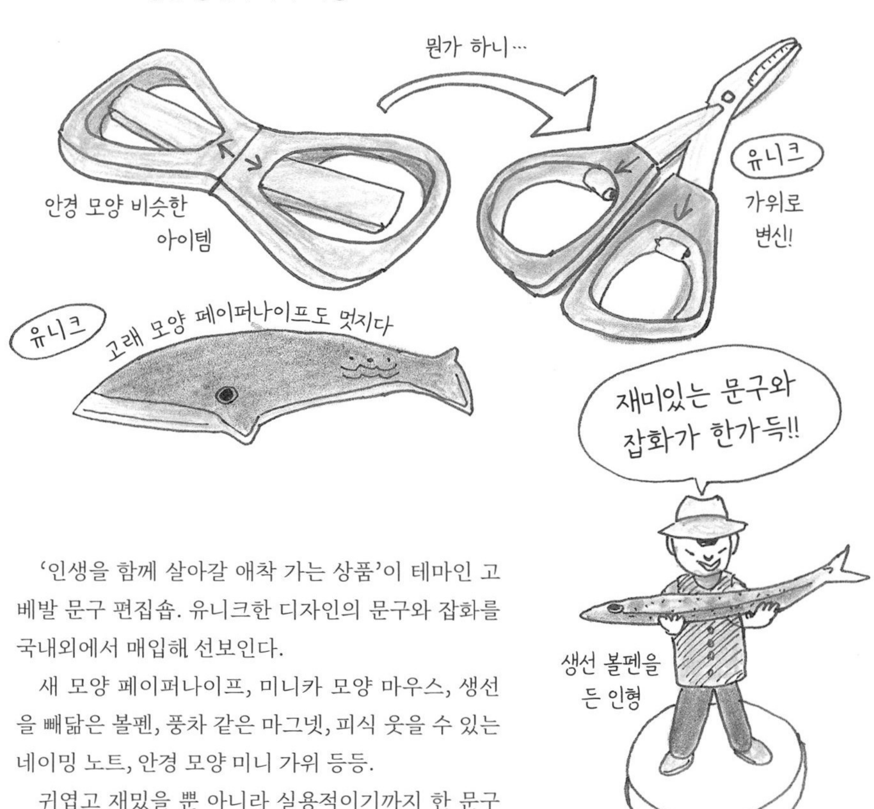

'인생을 함께 살아갈 애착 가는 상품'이 테마인 고베발 문구 편집숍. 유니크한 디자인의 문구와 잡화를 국내외에서 매입해 선보인다.

새 모양 페이퍼나이프, 미니카 모양 마우스, 생선을 빼닮은 볼펜, 풍차 같은 마그넷, 피식 웃을 수 있는 네이밍 노트, 안경 모양 미니 가위 등등.

귀엽고 재밌을 뿐 아니라 실용적이기까지 한 문구가 가득하다.

일반 리필 분량의 절반(36페이지)
당일치기 여행을 정리할 때 편리

여행 가는·즐기는 사람이 모이는
문구&잡화 스테이션

트래블러스 팩토리 스테이션

TRAVELER'S FACTORY
STATION

추천

47 도도부현* 스탬프

각 현의 특징을 살려 디자인한 스탬프

노트를 사서
표지에 스탬프 찍기

* 일본의 행정구역으로, 도쿄 도, 홋카이도, 2부 43현을 총칭하는 말

기념 선물로 추천

커피 캔디는 어떠실지

나카메구로 노포 캔디 회사
특별 제작

애호가가 많은 트래블러스 노트의 플래그숍. 그중 도쿄 역점은 콤팩트한 공간에 팬들을 흥분시키는 여행 아이템이 넘쳐난다.

마스킹테이프나 노트 등 한정 상품에는 역 건물이나 기차가 프린트되어 있어 여행 기분을 물씬 느낄 수 있다.

여행 직전에 여행 일기용 아이템을 준비해도 좋고, 관광을 마무리하며 선물을 사도 좋다. 도쿄 역을 이용할 때는 꼭 한번 들러보시길.

지하철 환승 도중에 들르는
이국적인 문구점

노이슈타르트 브루더
오테마치점

Neustadt brüder 大手町店

취향에 맞는
문구를 찾아보자

빠른 걸음으로 사람들이 오가는 오테마치 지역 지하통로에 있는 문구점. 매장 중앙의 원주형 상품 진열장에는 국내외 문구가 가득하다. 먼저 원주를 한 바퀴 돌며 새로운 발견을 즐기는 것이 정해진 코스.

실용 문구와 메시지 카드, 해외 디자인 문구, 서적 등도 판매한다. 오테마치 근처에 근무하는 책 좋아하는 손님들이 책을 추천하기도 한다고.

북적거리는 지하에서 유럽의 오래된 가게 같은 쇼케이스 앞에 서면 어딘가 먼 나라의 길 위에 서 있는 기분이 든다. 바쁜 하루하루 속에서 그런 착각은 대환영. 지하철 노선 다섯 개가 교차되는 지하통로에서 문구를 즐길 수 있는 고마운 공간이다.

SHOP COMMENT 본 점포에서만 취급하는 흔치 않은 해외 문구를 만나보실 수 있습니다. 그중에서도 파카의 1960년대 모델인 데스크 볼펜은 형태와 컬러가 아름다워 추천드립니다.

Chapter 03

세카이도는 도쿄메트로
및 도에이신주쿠 선
신주쿠3초메 역에서 바로

Tods 신주쿠점
P44

루미네 에스토

신주쿠 미로도
모자이크 대로

ÉDITO365
신주쿠 미로도점
P48

신주쿠3초메

신주쿠4초메

세카이도
신주쿠본점
P42

루미네 신주쿠 LUMINE 1

신주쿠 역

Smith
루미네 신주쿠1
P46
Smith는 6층에 위치

신주쿠 교엔

메이지 대로

도큐핸즈
신주쿠점

신주쿠

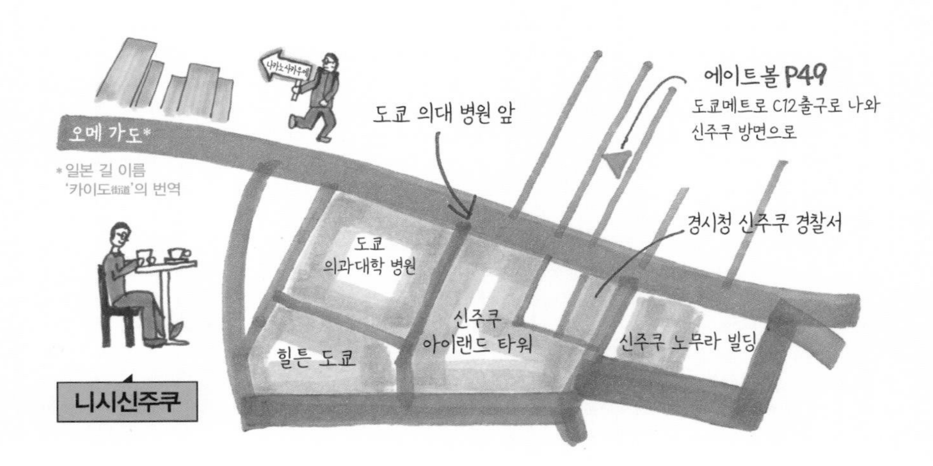

하루에도 엄청난 수의 이용자가 열차를 타고 내리는 신주쿠 역. 역 근처에는 미술, 사진, 패션 등을 배울 수 있는 학교가 여러 곳 있다.

이 지역 학생들이 과제 제작을 위해 재료를 사러 가는 곳은 신주쿠3초메의 '세카이도 신주쿠본점'이다. 물감이나 디자인용품 같은 도구와 종이 등의 재료, 오리지널 액자가 풍부하게 갖춰져 있다.

신주쿠 역과 직결된 루미네 에스토의 '툴스 Tools 신주쿠점'은 역에 가까운 미술용품점으로 젊은 세대들이 드나든다. 패션 학교인 문화복장학원 근처에는 원래 갤러리이던 곳에 필기구와 미술용품을 채운 '라이트 앤드 드로 WRITE&DRAW.'도 있다.

이 지역 문구점을 돌아다니다 보면 장래에 활약할 젊은 세대의 에너지가 느껴진다.

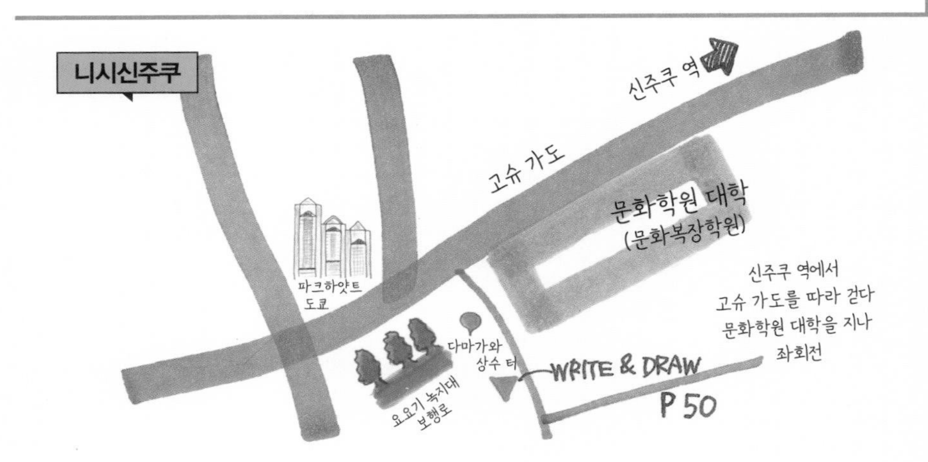

① 초심자가 배우고 싶은 것, 상황 등을 듣는다
② 입문 단계에서 시작하기 쉬운 것을 설명한다
③ 고객의 관심 분야를 개략적으로 소개한다
④ 입문 단계에서 필요한 도구를 소개한다
⑤ 개별 판매되는 도구를 안내한다
⑥ 스타터 세트도 소개한다
세카이도는 아트 초심자를 철저히 서포트 합니다
초심자에게 전하는 내용
신상품은 직접 써보면서 소비자 입장에서 중립적으로 파악합니다
문구열과 창작욕이 높아지는 크리에이티브 타워
세카이도
신주쿠본점
世界堂 新宿本店
집에서 큼직한 노트에 만년필을 테스트해본다는 점장

1940년에 창업한 미술용품점 세카이도 신주쿠본점은 미술을 배우는 사람, 창작을 즐기는 사람에게 성지와 같은 존재다.

화가들을 위한 액자 판매부터 시작, 건축 디자인이 성황을 이루면서 디자인용품으로 품목을 확대했다고. 문구 판매는 현재 빌딩이 세워진 1994년부터 해왔다.

안내문에 일본어, 영어, 중국어를 병기하고, 접객 시 한국어, 영어, 중국어를 사용하는 등 외국어 응대에도 힘을 쏟는다. 단골손님을 만들어가고 싶다는 생각으로 다양한 장르의 창작 초심자에게 알기 쉽고 친절하게 설명해주는 것도 특징.

고객 서포트 교육을 철저히 받은, 풍부한 지식과 경험을 갖춘 점원분들에게 문구와 미술용품을 천천히 상담해보자.

SHOP COMMENT 강력 추천은 알코올 베이스 잉크를 사용한 트윈 마커 '멥시 마커'.
인체공학적으로 제작된 보디와 캡 덕에 손에 쥐기 쉽고, 발색이 좋습니다. 총 200색으로 베리에이션도 풍부합니다.

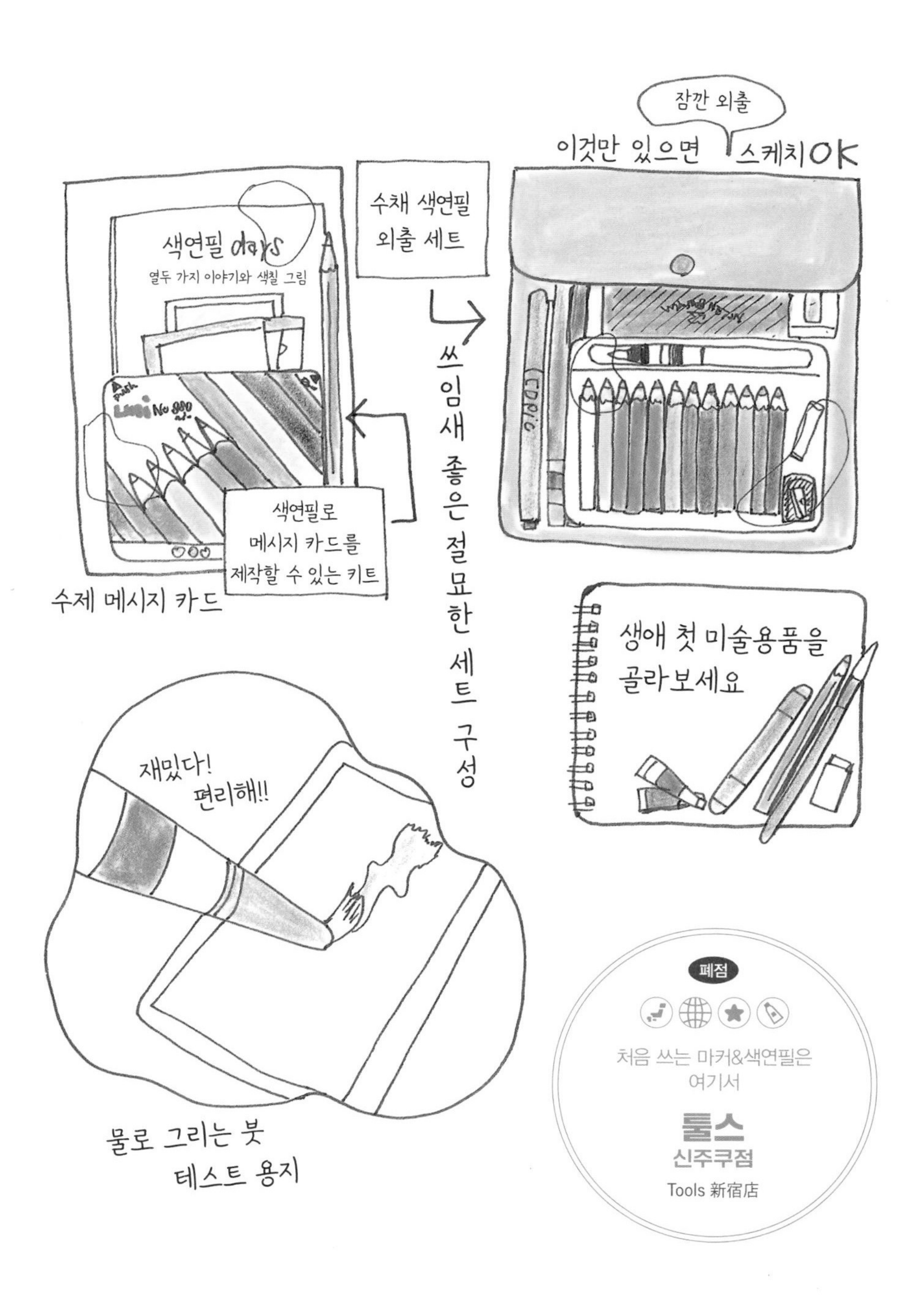

폐점

처음 쓰는 마커&색연필은 여기서

툴스

신주쿠점

Tools 新宿店

루미네 에스토 6층에 있는 툴스 신주쿠점. 알코올 마커 '코픽'을 개발한 회사에서 운영해 매장에는 코픽 제품이 많고, 코픽을 잘 아는 스태프가 늘 상주하고 있다.

'첫 미술용품을 구입하는 곳이 되고 싶다'라는 바람으로, 품질 좋은 제품을 만들고 판매한다. 누구라도 그림을 즐길 수 있도록 색연필을 기법서와 함께 판매하는 등 판매 방식도 다양하게 모색한다. 중앙 진열장에는 약 육백 종류의 마스킹테이프가 주르륵 놓여 있다. 컬러가 풍성한 물감처럼, 수많은 모양 중 마음에 드는 것을 골라보자. 마스킹테이프 좋아하는 사람에게는 시간 가는 줄 모르는 장소가 될 것이다.

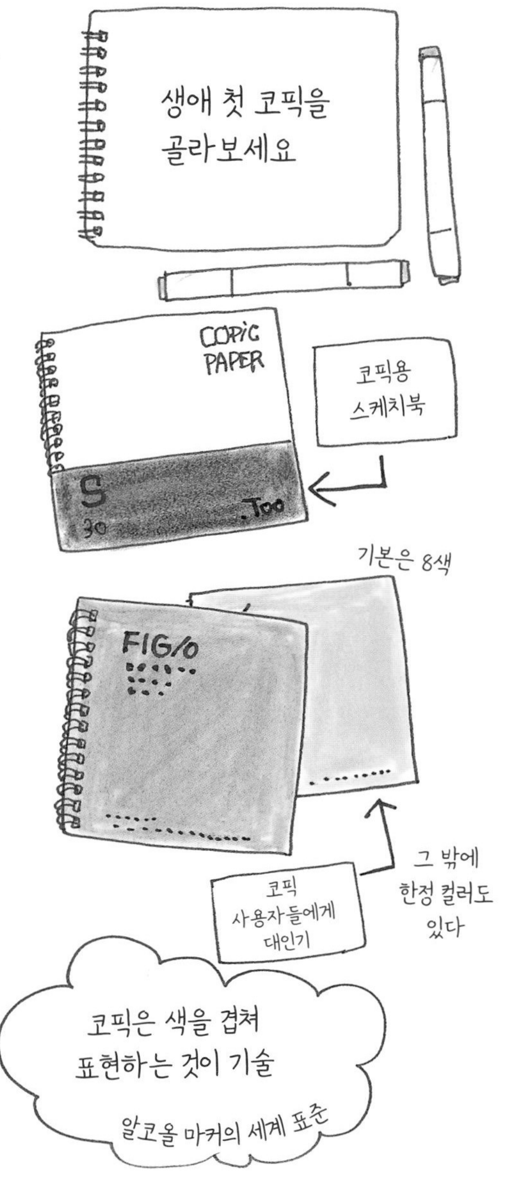

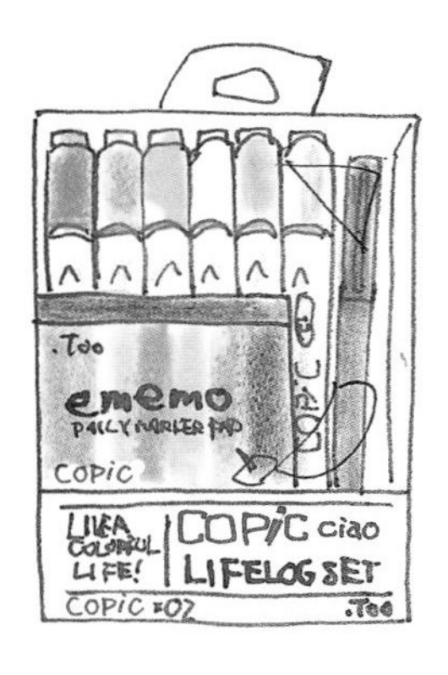

'이거, 나도 할 수 있을까?' '이런 게 있으면 좋겠다'라고 하시는 분들께
그림 그리기, 물건 만들기를 즐길 수 있는 멋진 물건을 매일 소개드립니다.

A5 A6
B5 B6
분철하기 편리

문구 세트에
넣어두고 싶다

회사에서도 집에서도 든든한 동반자
롤반 시리즈가 가득

스미스
루미네 신주쿠1
Smith ルミネ新宿1

포켓 부착 메모 노트가 인기

Rollbahn
굿즈가
가득한 곳

롤반은 독일어로
'활주로' 라는 뜻

로고가 멋지다

롤반 케이스 L

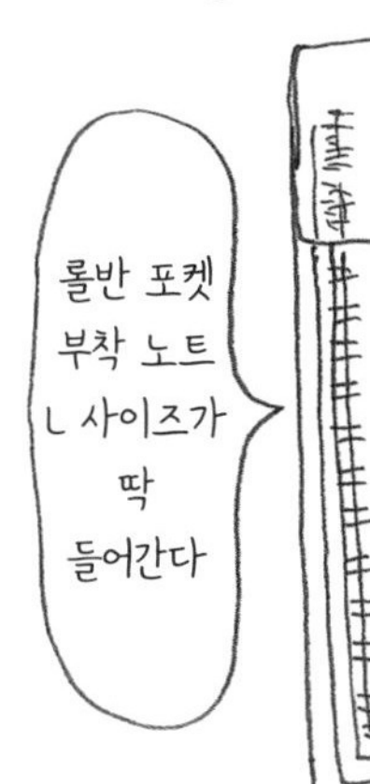

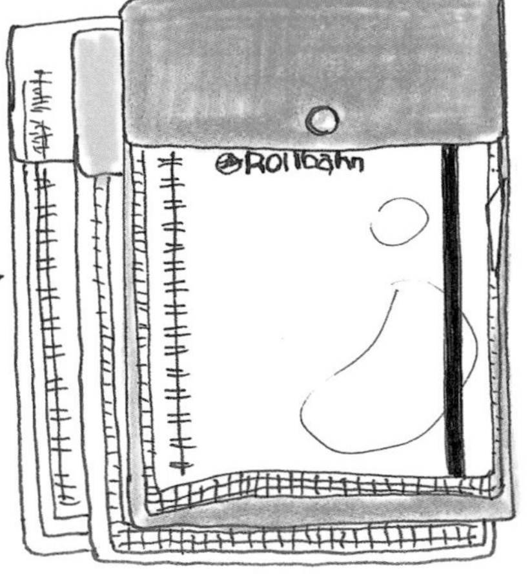

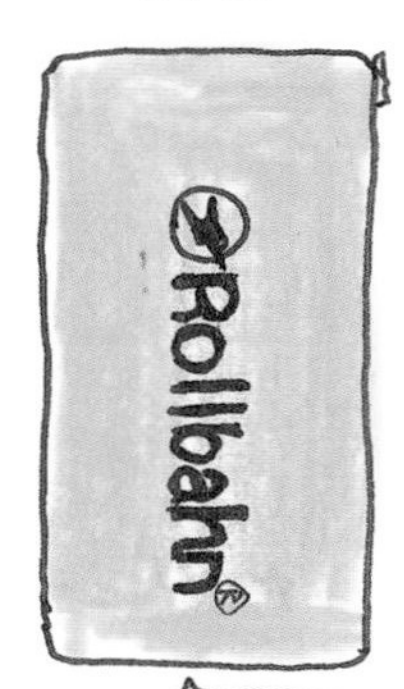

컬러가 멋지다

문구 및 잡화를 판매, 도매, 수출입하는 델포닉스의 직영점. 오리지널 제품부터 폭넓은 장르의 잡화를 취급한다.

주력 상품은 회사의 간판 상품인 롤반 노트 시리즈. 링 타입과 얇게 스테이플러로 철한 중철 타입이 다양한 사이즈로 있다. 링 타입은 많이 쓰고 싶은 사람, 한 권으로 정리하고 싶은 사람에게 좋다. 얇은 타입은 용도별로 사용할 수 있어 여러 권으로 나눠 가지고 다니고 싶은 사람들이 많이 찾는다.

그 밖에도 '롤반 다이어리', 롤반 노트를 보호하는 '롤반 케이스'도 갖추고 있으니 함께 체크해보기를.

밤늦게까지 영업하니 퇴근하면서, 회식 후 집에 가면서 들러도 좋다.

SHOP COMMENT 기본 펜이나 가죽 소품, 선물하기 좋은 액세서리, 스타일리시한 이어폰 등도 취급하고 있습니다. 역에서 바로 연결되어 비 오는 날에도 편하게 들를 수 있습니다.

계단을 오를 때 왼쪽으로
보이는 쇼윈도가 멋지다

번잡한 도회에서 만나는
패션 스테이셔너리

에디토365
신주쿠 미로도점

ÉDITO365 新宿ミロード店

신나게 설명해주시는
점장님

1027

여섯 종류의
목재

Wood Hotel key-Holder
Free No.

호텔 룸키 이미지의 목재와
놋쇠를 조합한 키홀더가 마음에 들었다

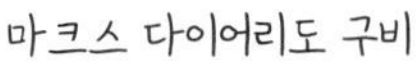
마크스 다이어리도 구비

디자인이 뛰어난 문구와 잡화를 취급하는 마크스의 직영점. 신주쿠 역에서 가까운, 사람들이 많이 오가는 길가에 자리하고 있다. “패션처럼 고집 있게 고른 문구와 잡화로 365일을 멋지고 신선하게 보냈으면 좋겠다.” 그런 생각으로 패션 감도 높은 여성 직장인 취향의 문구나, 남성 및 유니섹스용 아이템을 소개한다고. 해 질 무렵 모두가 귀가를 서두르는 번잡함 속에서 매장에 들어가 수첩이나 만년필을 보고 있으면 마음이 푹 누그러진다.

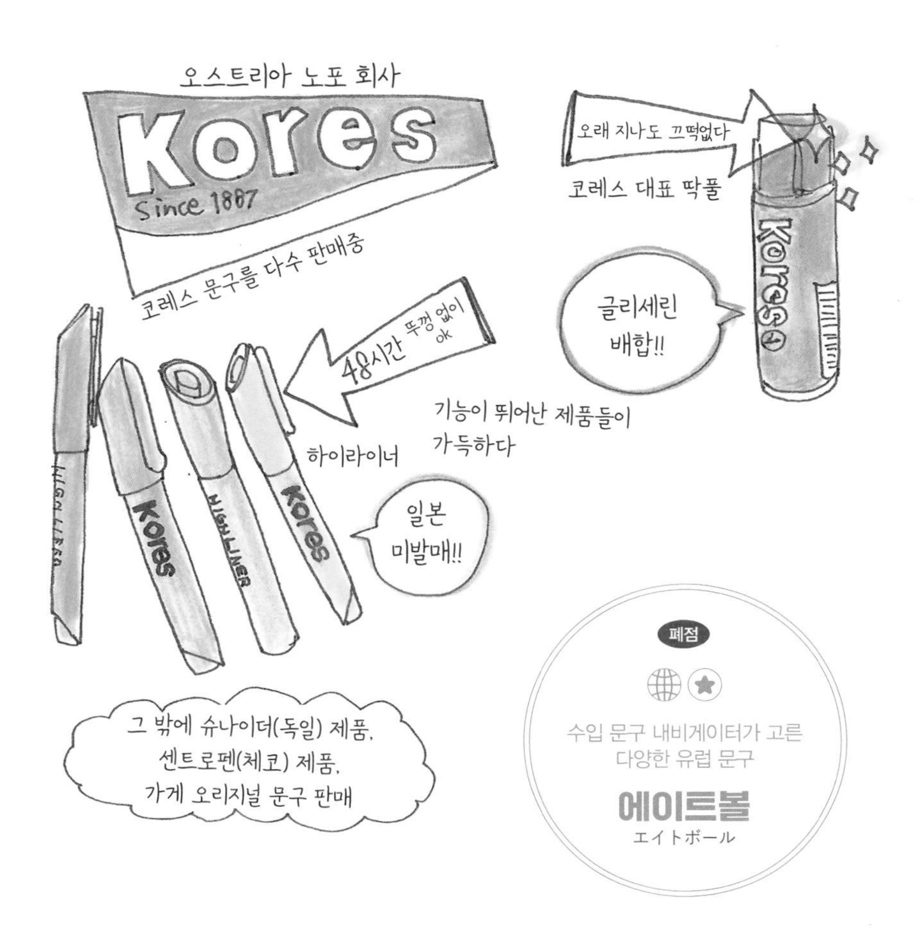

신주쿠에 있는 수입 문구 편집숍. 독일 노포 필기구 브랜드 슈나이더, 체코 남부를 거점으로 하는 필기구 브랜드 센트로펜 등 기능과 디자인을 고집하는 유럽 문구를 취급한다. 그중에서도 1887년 창업한 오스트리아의 종합 문구 회사 코레스의 화이트보드 마커는 일본에서는 본 적 없는 컬러풀한 라인업을 자랑한다.

그 밖에 오리지널 지류 문구도 인기 상품이다.

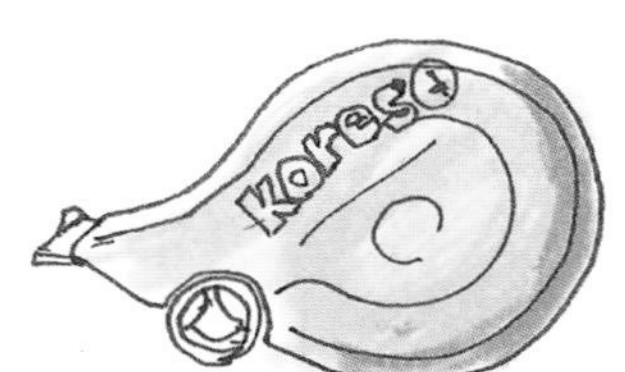

스쿠터 수정 테이프
안 끊어지고 곧게
깨끗하게 지울 수 있다

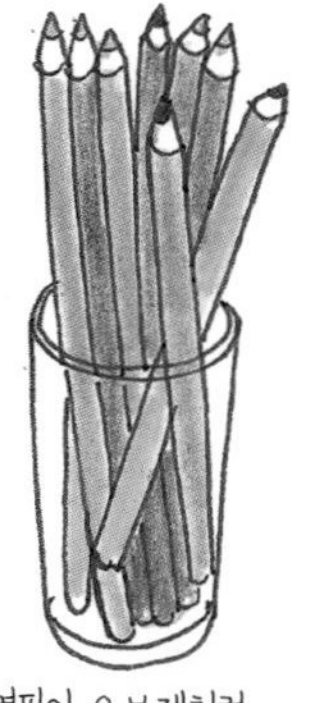

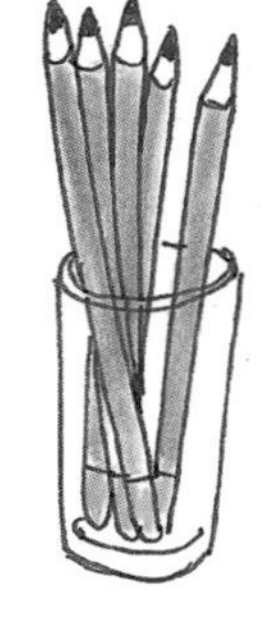

연필이 오브제처럼
느낌 좋게 진열되어 있다

필기구와 미술용품이 마주 보는
갤러리 출신 문구점

라이트 앤드 드로.

WRITE&DRAW.

FINE GRAPHIC PEN

펜촉 노포 회사인
도쿄 슬라이더의 오리지널 펜.
끝이 뭉개지지 않아
그림 그리기 좋다

문구 잡화점 출신 점장님의 안목 좋은 셀렉트 소품이 돋보인다!

취재 당시 기준

WRITE& DRAW. 매장 스케치

일용품

군데군데 아트 작품도

계산 카운터

미술용품 코너

고급품 코너

추천 코너

잡화 코너

문구 코너

입구

신주쿠의 문화복장학원 근처에 있는 라이트 앤드 드로.는 어린 시절부터 미술용품을 좋아한 점주가 운영한다.

매일의 생활에 '쓰기/그리기'라는 크리에이티브한 요소를 도입하면 좋겠다, 하는 생각으로 문구와 미술용품을 소개하고 있다. 글씨를 쓰거나 그림을 그릴 때 영감이 떠오를 만한 상품, 디자인이나 색 조합이 좋은 상품을 셀렉트한다. 화가가 제작한 작품의 상품화를 시도하면서 오리지널 굿즈도 제작·판매중이다.

원래 갤러리였기 때문인지 전시된 상품이 꼭 예술 작품처럼 눈에 들어와 즐겁다. 입구에서 오른쪽이 라이팅용 필기구, 왼쪽이 드로잉용 미술용품이라는 배치 방식도 창작 의욕을 자극하는 장치 같다.

SHOP COMMENT 쓰는(그리는) 것을 즐기는 분이 어쩌다 훅 들르실 수 있는 장소가 되길 바랍니다. 라이트 앤드 드로.가 제안하는 '쓰기/그리기'를 즐기는 생활, 꼭 한번 보러 오세요.

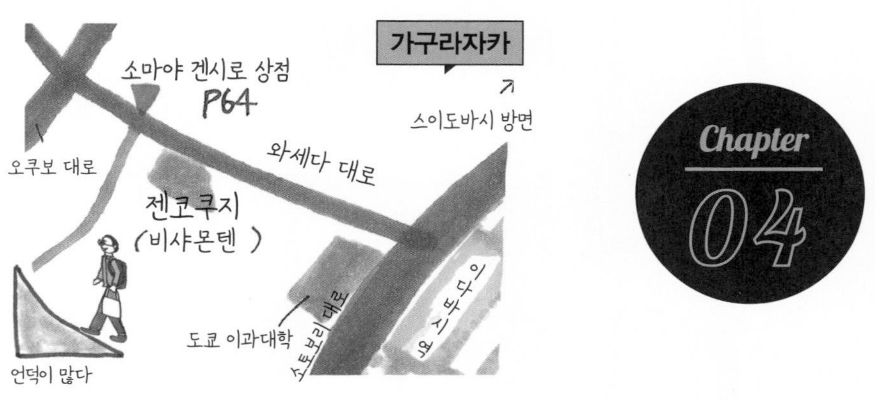

Chapter 04

도쿄 JR야마노테 선은 순환선이다. 그 안쪽에는 '책의 거리'로 세계적으로도 알려진 간다진보초, 대학이 밀집한 오차노미즈 등 유서 깊은 문화 지역이 모여 있다.

그런 장소인 만큼 이곳의 문구점은 볼거리가 가득하다. 간토 대지진의 피해를 입었지만 외벽이 무너지지 않고 남아 있는 '분포도 간다점'의 역사적인 건축물 등은 꼭 봐야 한다.

진보초 지역에서 조금 더 발길을 옮겨 가구라자카와 야나카에도 들러보시길. 문호들과 인연이 깊은 가구라자카에는 서양 종이로 된 원고지를 처음 선보인 노포 '소마야 겐시로 상점'이 있다. 인기 관광지인 야나카에는 유럽에서 들여온 귀중한 문구 아이템, 종이 잡화를 다루는 문구점도 있다.

지역에 뿌리내린 문구점이 많아, 마음에 드는 가게를 반드시 찾을 수 있을 것이다.

오차노미즈
혼고 대로
도쿄 의과치과
대학
유시마 성당
도쿄메트로
오차노미즈 역
yuruliku
P62
오차노미즈바시 다리
히지리바시 다리
간다가와 강
오차노미즈바시 다리를 건너 우회전,
히지리바시 다리 밑을 지나면 바로입니다
JR오차노미즈 역

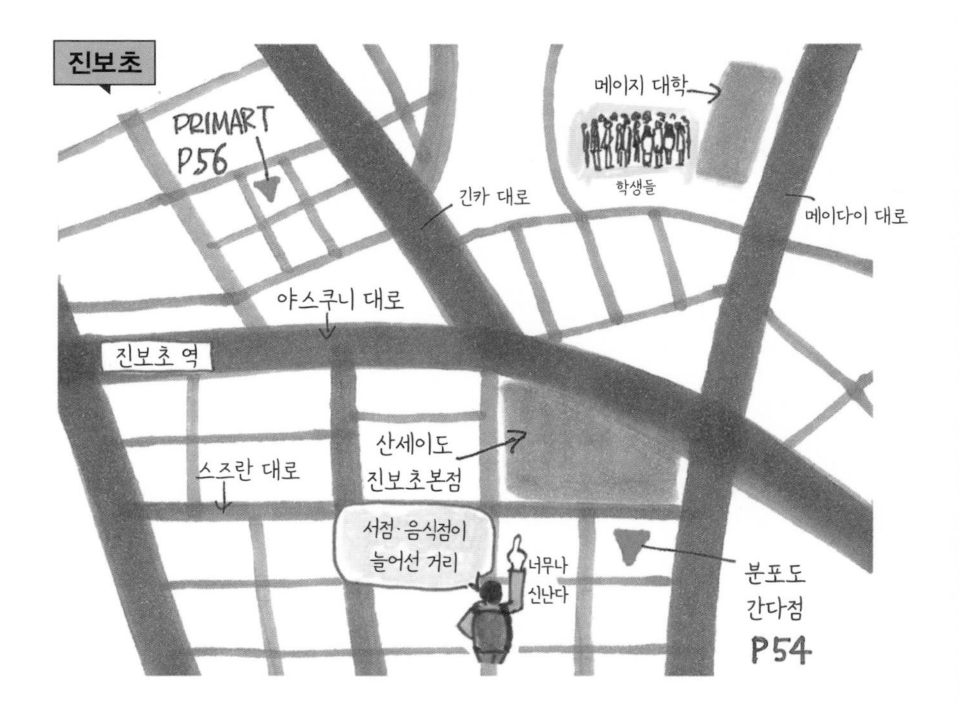
진보초
메이지 대학
PRIMART
P56
학생들
긴카 대로
메이다이 대로
야스쿠니 대로
진보초 역
산세이도
진보초본점
스즈란 대로
서점·음식점이
늘어선 거리
너무나
신난다
분포도
간다점
P54

노포 미술용품점에서 배우는
창작과 예술을 즐기는 법

분포도
간다점

文房堂 神田店

1887년 창업한 노포 미술용품점. '책의 거리' 진보초에서 창작욕이 높아졌을 때 미술용품을 사러 자주 들르는 곳이다.

지하층에는 펜이나 잉크, 스크린톤 등 만화 재료, 실용적인 문구를 갖추고 있다. 1층 미술용품 코너에는 물감류와 스케치북이 많다. 고양이 굿즈가 있는 잡화 코너도 흥미롭다. 2층에서는 판화, 지점토, 실크스크린, 지우개 도장 등 아트 소재를 구할 수 있다. 강좌 여든 개, 수강생 팔백 명이 있는 아트스쿨과, 우아한 분위기의 카페도 있어 공간을 다방면으로 즐길 수 있다.

1922년에 완성된 외벽은 간토 대지진 때도 무사히 살아남았다고 한다. 옛 건물이 품고 있는 낭만을 느껴보기를.

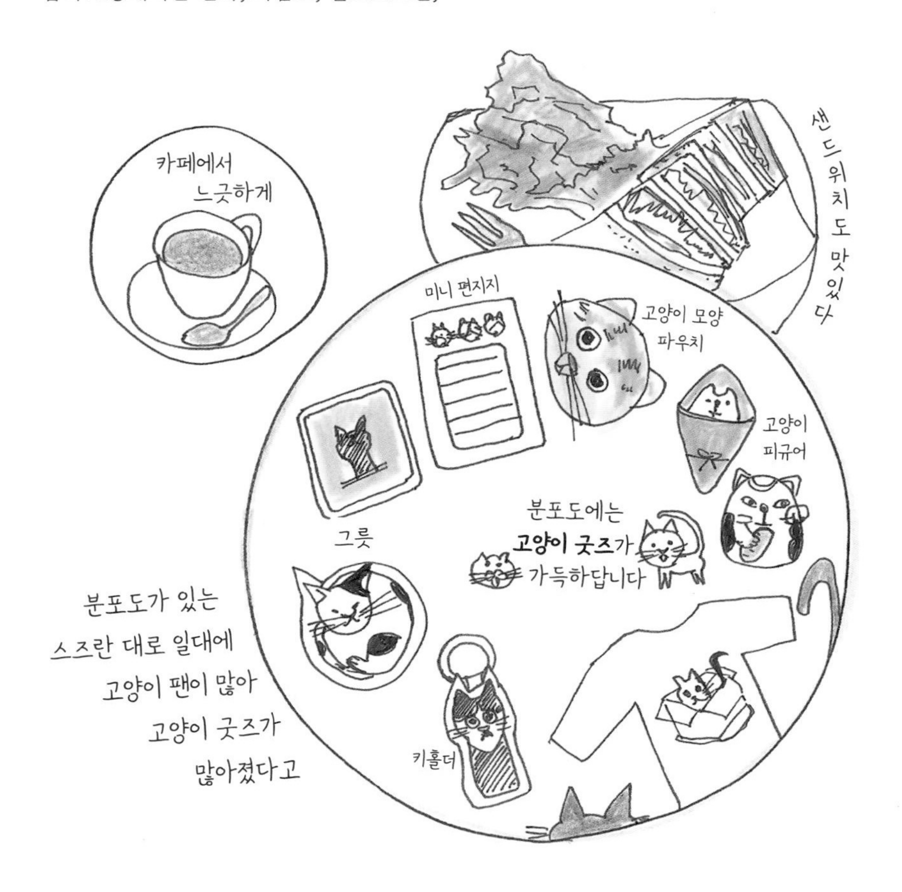

SHOP COMMENT 분포도는 미술용품·문구 외에 다종다양한 잡화를 취급하고, 아트스쿨과 카페, 갤러리 두 곳을 운영합니다. 그림 그리는 분들도, 그리지 않는 분들도 즐길 수 있는 흔치 않은 종합 미술용품점입니다.

이전
책의 거리에 태어난
뉴 활판인쇄 스폿
프라이마트
PRIMART
잉크를 묻힌다
잉크 데스크
종이를
세팅한다
푸른 잉크를
묻힌 상태
인쇄판
세팅
잉크롤러가
인쇄판에 잉크를
묻힌다
핸들을 당긴다
롤러가
올라온다
테킨
무료체험
꼭 해보세요!
수동식 활판인쇄
종이 코스터 만들기!!
MENU
BOOK
STORE
TOWN
테킨으로 인쇄한
멋진 오리지널 굿즈

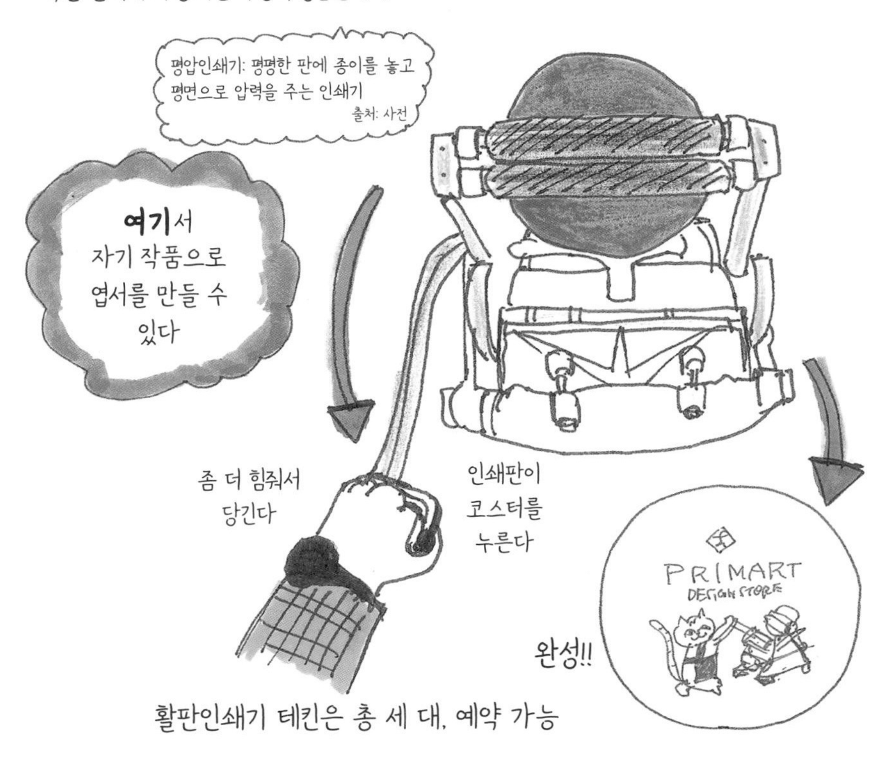

진보초의 광고 디자인 기업인 트랙이 작가와 고객 등 사람과 사람의 접점을 만들기 위해 마련한 플래그숍. 오리지널 북 커버, 엽서, 크로키북을 판매하고, 수동 활판인쇄기 테킨 렌털 서비스도 제공한다. 예약하면 자기 작업물을 활판인쇄로 찍을 수 있다. 사용감을 중시해 만든 크로키북은 실용적이고 품질 좋은 추천 상품 중 하나.

트랙은 젊은 창작자를 프로듀스하는 차원에서 그들의 작품을 모티프로 상품을 만들어왔다. 그 경험을 더 많은 이들과 공유하고 싶다고. 매장을 갤러리로도 대여하고 있어 작품을 전시하고 싶다면 상담해보아도 좋을 듯하다.

SHOP COMMENT 수동 활판인쇄기(테킨)를 사용해 만든 북 커버, 파우치, 엽서 등과 토트백, 볼펜, 노트패드 등 오리지널 디자인 상품을 중심으로 선보이고 있습니다.

옛 공산국가 굿즈가 가득한 빈티지 문구 보물 상자

비스킷

Biscuit

야나카의 잡화점 비스킷은 옛 소련·동서독일, 헝가리의 빈티지 문구와, 유럽의 오래되고 귀여운 잡화가 가득한 역사 갤러리 같은 공간이다. 특히 종이 문구가 많다. 그리팅카드, 생일 카드, 엽서, 종이봉투, 포장지 등 레트로 상품이 다양하게 갖춰져 있다.

창간 백 년이 넘은 독일의 인젤 문고에서 고른 도감·화집도 풍부하다. 장정이 아름다워 일본에도 팬이 많다. 체코나 헝가리의 성냥 라벨도 말할 수 없이 근사하다. 구입한 상품은 수제 판지를 사용해 정성스럽게 포장해주신다. 다음 주인을 위해 손상되지 않게 전달하고 싶다는 점주의 생각이 전해진다.

SHOP COMMENT 빈티지 종이 잡화 외에 유럽을 여행하며 모은 수예용품, 인형과 장난감, 식기도 있습니다. 가까운 자매점 '쓰바메하우스' '쓰바메북스'에도 들러보세요.

매장 안쪽 계산 카운터에도
컬러풀한 문구들이 놓여 있다

LIFE 노트
종류도
다양하다

OHTO 볼펜. 아메리칸 스타일 펜이 아름다운 예술품처럼 늘어서 있다

일러스트레이터: 마스코 에리 씨

점장 추천 GOAT 오리지널 스탬프

잘 찍혀서 쓰기 좋은 마스코 스탬프

레트로한 디자인의 롱셀러 문구들

니치반사의
남부철기南部鉄器*
테이프 커터

* 이와테 현의 특산 철기

'도쿄발·일본제' 위주 문구·잡화점 고트. 문구 회사에서 노트 디자이너 등으로 일해 온 문구 마니아 그래픽디자이너가 운영하는 곳이다. 문구 회사의 경영자, 기술자 들과 생산 현장에서 함께해온 점주가 문구를 통해 수제의 재미와 고집스러운 취향을 전해준다. 전에는 히가시우에노에 있었는데 2018년에 센다기 고도구점 네구라가 있던 곳으로 이전했다.

노포 문구 회사의 대표 노트, 종이 가공·인쇄 분야에서 높은 기술력을 보유한 회사의 종이 잡화 등을 점주가 직접 골라 소개한다. 도쿄에서 활동하는 젊은 아티스트의 작품도 판매. 일러스트레이터 마스코 에리 씨와 컬래버레이션한 오리지널 스탬프와 마스킹테이프도 인기다.

SHOP COMMENT 영업일은 홈페이지와 트위터(@stationeryGOAT)에서 안내드리고 있습니다. 느긋하게 야네센 산책을 즐기면서 꼭 들러주세요.

문구 디자이너들의 명품이
편안한 공간에 늘어서다

유루리쿠

yuruliku

문구 레이블 디자이너 두 명의 작업실 겸 가게. 시간이 느릿하게 흘러가는 곳이다. 오차노미즈 역에서 가깝고, 창밖으로 보이는 간다가와 강 위로 크루즈선이 지나가기도 한다.

매장에는 노트, 빨강파랑 색연필을 모티프로 한 오리지널 문구가 전시 작품처럼 정성스럽게 진열되어 있다. 직접 상품 디자인에 참여한 기업의 문구도 판매한다.

두 사람은 일주일에 한 번 작전회의를 갖는다. 진보초의 커피숍에서 새로운 상품을 기획하거나, 가게를 찾은 손님들 반응을 공유하거나. 회의를 통해 만들어진 아이템을 손에 쥔 채 제작 이야기를 듣다 보면 듣는 쪽도 애정이 샘솟는다.

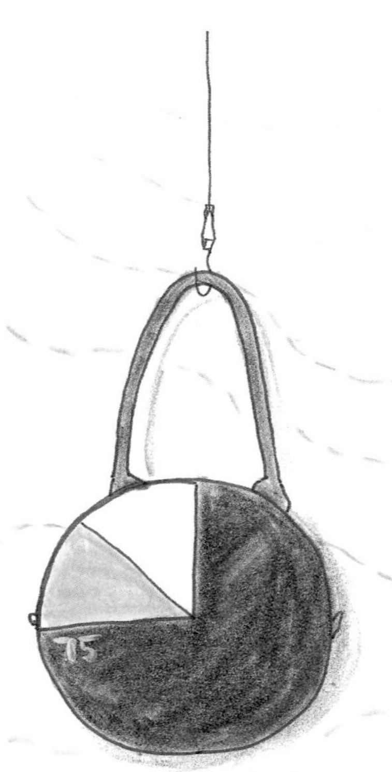

원그래프를 모티프로 한 가방

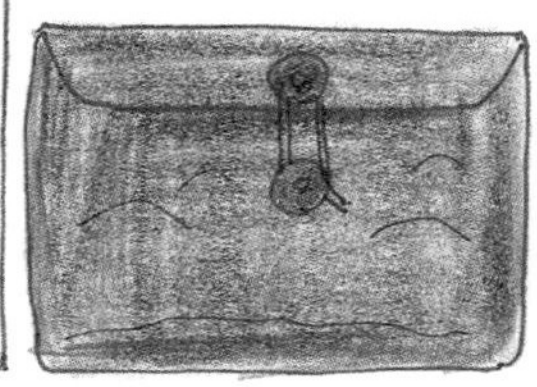

SHOP COMMENT 저희 아틀리에숍에서만 구입할 수 있는 아이템이 많습니다. 특히 '그래프백'이나 '원고지 모티프 에코백'이 인기입니다. 기념 스탬프도 마련해두었으니 오셔서 꼭 찍어보세요.

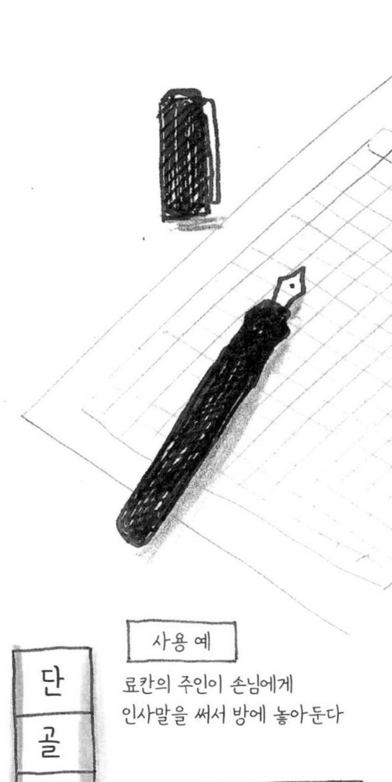

과거의 **문화인**

현대의 **대가**와

늘 함께해온

문화의 도구

원고지

작가가 애용한
원고지가 있는
가구라자카 최고참 문구점

소마야 겐시로 상점

相馬屋源四郎商店

사용 예

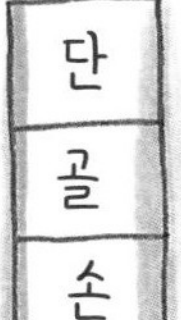

료칸의 주인이 손님에게
인사말을 써서 방에 놓아둔다

대대로
이어져온 곳

십일 대째 점주

나가쓰마
나오야 씨

글 쓰는 사람이 있으면
원고지는 사라지지 않는다

역	사

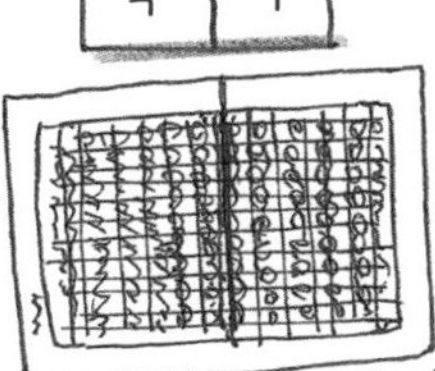

매장에는 작가의 육필 원고가
전시되어 있다

자	유	롭	게
	써	보	자

낙서할 때
메모할 때
자유롭게 써보기를

* 일본 시인

가구라자카의 비샤몬텐에서 가까운 문구점, 소마야 겐시로 상점의 역사는 무척 길다. 옛날에는 에도성에 종이를 댔다고 한다. 전후에 지역 밀착형 문구점으로 전환, 현재의 점주는 십일 대째인 나가쓰마 나오야 씨. 대대로 가게를 이어왔다.

'서양 종이로 된 원고지'를 최초로 만든 것으로도 유명하다. 발매 후 많은 문호들이 애용했고, 지금도 구입할 수 있다. 동경하는 문호가 소마야제 원고지를 사용했다는 것을 알고 전세계에서 연락을 해온다고.

디지털 사회라도 글 쓰는 사람이 있으면 원고지는 사라지지 않는다. "고등학생 이하 어린이들도 원고지를 편하게 사용했으면 합니다." 나가쓰마 씨가 싱글 웃으며 말씀하신다.

원고지는 메이지 시대부터 많은 분들이 애용하셨습니다.
언제든 글 쓰는 분들께 가장 좋은 종이를 제공하고 있습니다.

Chapter

05

구라마에 · 아사쿠사

미식의 거리
아사쿠사는 이쪽

아사쿠사 대로

구라마에 역에서
아사쿠사 방면,
오카치마치 방면,
아사쿠사바시 방면 등으로
넘어갈 수 있다

신보리 대로

고쿠사이 대로

고마가타바시
다리

도에이아사쿠사 선

아사쿠사 역

ČEDOK
zakkastore P72

에도 대로

가스가 대로

도에이오에도 선

구라마에 역

가키모리
〈구라마에〉
P68

가키모리까지는
조금 걸어야 하지만
포기하지 말고
찾아가보기를!

구라마에 역

도에이아사쿠사 선

우마야바시
다리

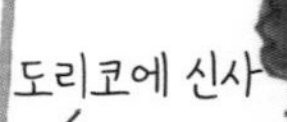

KONCENT
Kuramae
P70

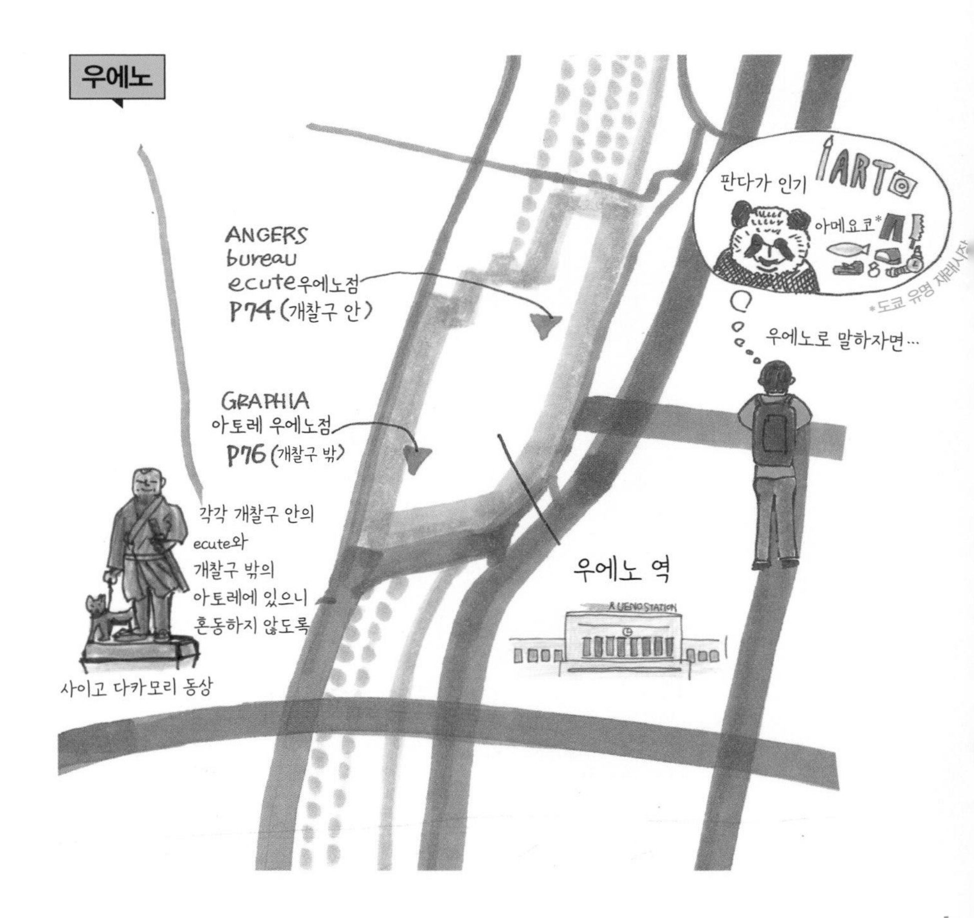

시타마치** 정서가 남아 있어 기술자들이 모여드는, '제작의 거리'로 알려진 인기 상승 지역 구라마에. 그런 구라마에의 문구점이라면 '가키모리 〈구라마에〉'를 꼽게 된다. 오리지널 노트와 잉크를 만들 수 있어 문구 애호가들 사이에 팬이 많다.

구라마에에서 아사쿠사 방면으로 발을 옮기면 체코 관련 굿즈를 취급하는 '체독 잡화스토어ČEDOK zakkastore'가 있다. 체코 문화에 정통한 점주와 그림책 이야기를 즐겁게 나눌 수 있다.

미술관이나 동물원 등 관광시설이 늘어선 우에노 지역의 문구점에는 관광 기념품과 선물을 찾는 사람들이 많이 모인다. 환승 도중에 들를 수 있는 '안제 뷰로ANGERS bureau 에큐토ecute 우에노점'은 서재 같은 차분한 매장에 책, 문구, 판다 굿즈 등 우에노 기념품을 마련해두었다. 문구점 순례를 하면서 여행 기분도 누려보자.

** 에도 시대부터 서민 상공업자가 많이 살던 에도성 주변 저지대

☆☆☆ 내 취향의 오리지널 노트를 만드는 즐거움

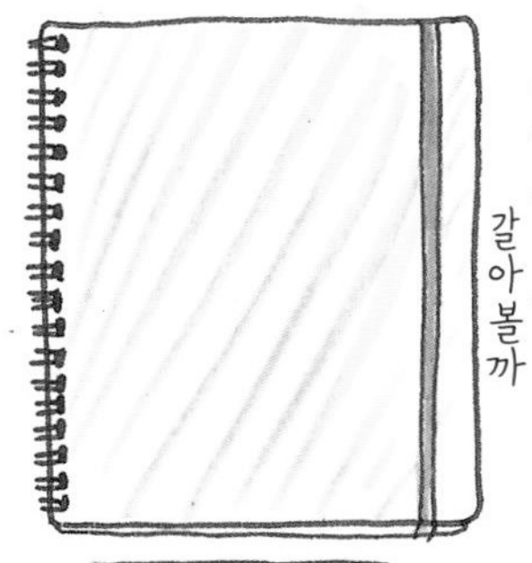

슬슬 속지도 갈아볼까

점원분들이
시원시원하고
친절해서
기분 좋습니다

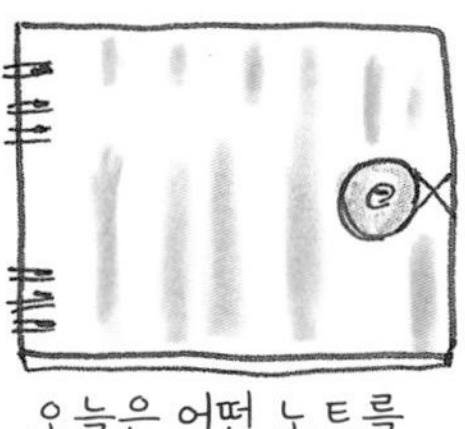

오늘은 어떤 노트를
만들어볼까

쓰는 즐거움&
고르는 기쁨의 재발견

가키모리
〈구라마에〉

カキモリ <蔵前>

에도 시대부터 기술자가 많이 살았고 지금도 제작 전문가가 모여 있는 거리, 구라마에. 기술자와 고객을 연결하는 이벤트가 다양하게 개최되는 곳이다.

그런 구라마에에 자리한 가키모리는 종이에 쓰는 즐거움을 제안하는 문구점. 노트의 종이나 고정 도구를 취향대로 골라 하나뿐인 오리지널 노트를 만들 수 있는 곳으로 유명하다. 택배 창고를 개조한 넓은 매장은 취향에 맞는 노트나 필기구를 찾으러 오는 손님들로 북적거린다.

만년필이나 볼펜 등의 필기감을 테스트해볼 수 있는 코너, 상품별 소개문, 노트 만들기 가이드 등 곳곳에서 세심한 배려가 눈에 띄어 반갑다.

좀처럼 종이에 글 쓰는 일이 없어진 사람도 가키모리에 오면 쓰는 즐거움을 다시금 발견하게 될 것이다.

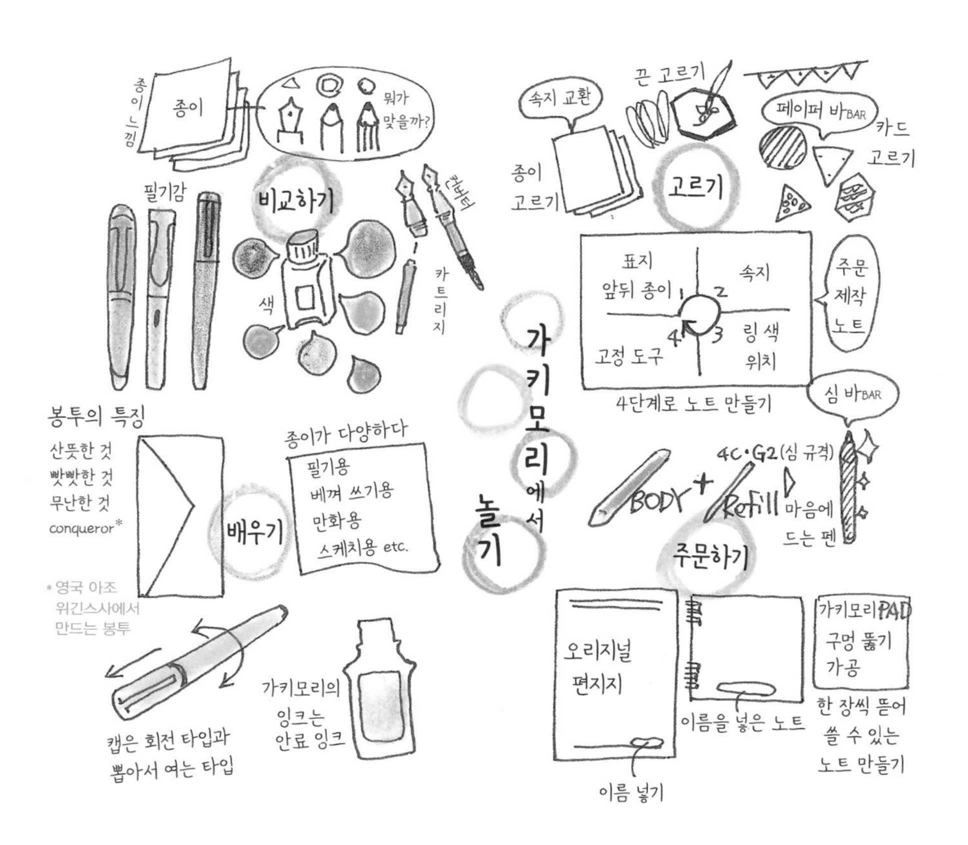

SHOP COMMENT 취향대로 만든 노트는 표지는 그대로 두고 속지만 교환도 가능합니다. 배송도 가능합니다. 가죽 표지 등은 세월에 따른 변화를 즐길 수 있으니 꼭 오래오래 사용해주세요.

이전

감각적인 디자인
세계로 뻗어가는 에도의 감성

콘센트
구라마에

KONCENT Kuramae

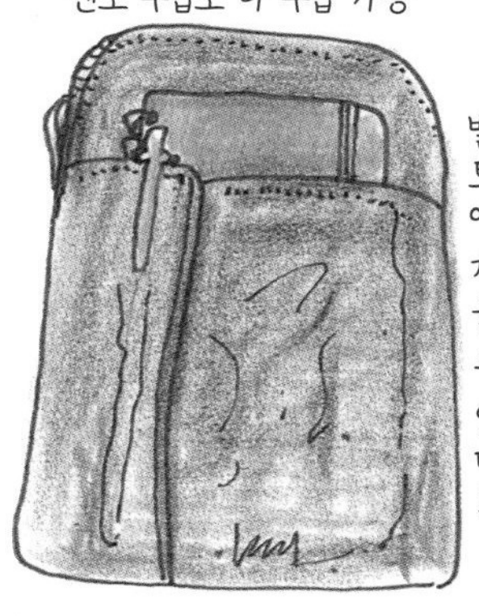

유니크하고 실용적인 아이템을 꾸준히 만드는 회사, 아슈 콘셉트의 직영점이 구라마에에 있다.

커피 스탠드가 자리한 주변에는 특이한 모양의 우산이나 동물 모양 고무 밴드, 새 모양 페이퍼나이프, 테트라포드 모양의 안전한 크레용 등 참신한 문구·잡화가 진열되어 있고, 점원분이 디자인 과정을 소개해준다. "구라마에는 '도쿄의 브루클린'이라고도 불리는, 제작 현장에서 활약하는 사람들이 많이 사는 감각적인 지역이에요. 그 안에서 무언가 만들어지는 비하인드 스토리를 전하고 싶습니다." 대표 나고야 씨의 말이다.

제품 디자이너나 제작자들이 열정을 기울여 다양한 아이템을 만들고, 그렇게 이 지역에서 태어난 디자인이 해외 지점을 통해 세계 여러 나라로 뻗어나간다. 왠지 덩달아 뿌듯해지는 곳이다.

SHOP COMMENT 다양한 디자이너, 회사와 함께 만든 메이드 인 재팬 상품을 갖추고 있습니다.
관심 있게 살펴봐주세요!

매장 안은 그야말로 체코
그림책과 잡화가 가득 모인 곳

체독 잡화스토어
ČEDOK zakkastore

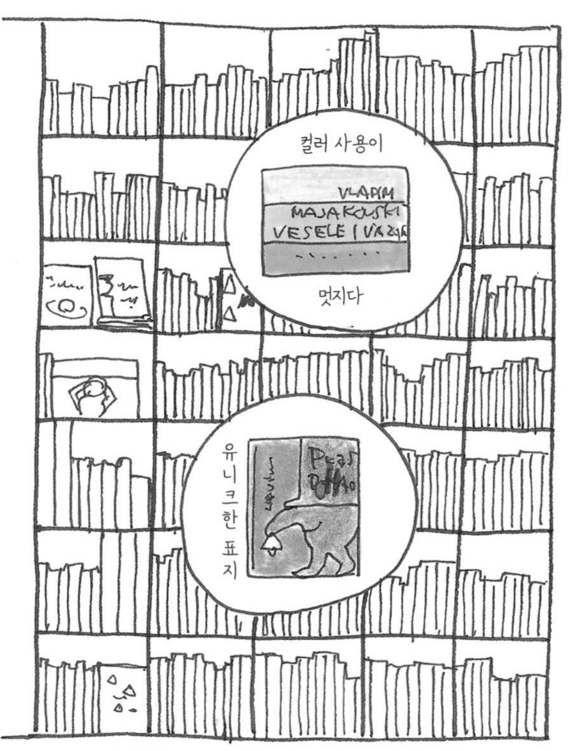

책장 가득 들어찬 그림책 중
마음에 드는 것을 찾아보자

체코를 중심으로 동유럽·중유럽 여러 나라의 문구, 잡화를 취급한다. 무역회사 근무 경력이 있는 점주가 잡화점이 많은 고베에 오픈한 뒤 도쿄의 아사쿠사로 이전, 동유럽·중유럽 팬과 해외 문구 팬, 그림책 팬이 모이는 공간을 만들었다.

사회주의 시대의 체코에서 그림책은 국가 산업으로 생산됐다. 외화벌이 수단으로 여겨지면서 실험적이고 제약이 없던 터라 자유로운 발상의 그림책이 많이 만들어졌다고. 그 시대의 디자인이 오 년쯤 전부터 재조명되고 있는 듯하다.

이곳에는 그런 체코제 그림책이 벽 한 면을 가득 채우고 있다. 작가 이름순으로 꽂혀 있어 찾아보기도 쉽다. 개성 있는 그림책 중에서 마음에 드는 책을 꼭 발견하시기를.

체코에 정통한 점주

SHOP COMMENT 체코의 인기 문구 브랜드 파펠로테의 상품도 다양하게 갖추고 있습니다. 체코 디자인을 경험하러 꼭 들러주세요.

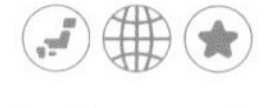

매일 들르고 싶은
역 안의 멋진 서재 공간

안제 뷰로
에큐토 우에노점

ANGERS bureau
ecute上野店

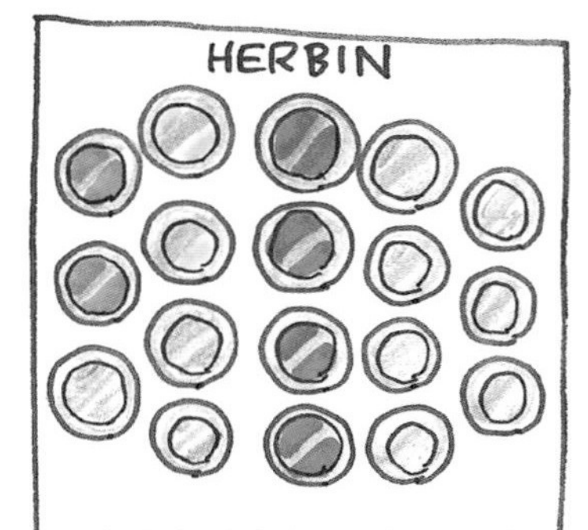

평소 꿈꾸던 서재에 있는 듯
기분 최고

조금 어둑한 조명이 좋다

역 안 상업 시설 에큐토 우에노에 자리한 문구·잡화점 안제 뷰로는 서적도 충실하게 갖추고 있다. 운영 주체가 서점이라 일찌감치 서적 취급 및 진열 방식에 주력, 편집숍에 책을 놓는 스타일을 정착시켰다.

서적과 함께 진열된 것은 책상 앞의 시간과 비즈니스 현장을 멋지고 맵시 있게 만들어주는 문구들. 일본, 독일, 미국을 중심으로 전세계에서 모았다고 한다. 다른 곳에서는 취급하지 않는 품질 좋은 제품, 예전에 유행한 제품, 역수입된 제품 등을 발견해내는 노력을 아끼지 않고 상품 진열에도 최선을 다하고 있다. "매장 조명을 조금 어둡게 해서 진열된 물건이 잘 보이도록 한다"라는 점장님 말씀. 자기 서재에서 취향에 꼭 맞는 물건을 둘러보듯, 우아한 한때를 즐길 수 있다.

SHOP COMMENT 신경 써서 고른 문구 이외에도 우에노점 한정 오리지널 굿즈, 데누구이(손수건), 일본 전통 잡화 등 선물용으로도 좋은 물건을 다양하게 갖추고 있습니다.

캐주얼, 팝, 컬러풀한 아이템이 가득한 문구·잡화점.

우에노가 유명 관광지이다 보니 관광객이나 수학여행을 온 학생들이 많이 찾는다. 판다나 동물 관련 굿즈, 외국 손님들이 좋아할 만한 일본 전통 기념품 등 우에노의 특성을 살린 라인업이 인기다. 그중에서도 특히 판다 굿즈가 많다. 판다 몸에 마스킹테이프가 세팅된 '애니멀리아 홀더'라는 제품이 인상적이다.

디자인 문구나 잡화를 제조·판매하는 마크스가 운영하고 있어 마크스의 오리지널 제품도 구입할 수 있다. 펜이나 티켓 등을 수납할 수 있는, 슬라이드식 지퍼 케이스가 편리한 '스토리지닷잇' 시리즈를 추천한다.

SHOP COMMENT 여러 철도가 오가는 우에노 역은 통근·통학하는 손님이 많은 곳. 사무실이나 학교에서 쓸 수 있는 상품부터 선물용으로 좋은 문구, 잡화, 가방, 스마트폰 케이스 등을 갖추고 있습니다.

JR신주쿠 역에서 서쪽 방향으로 뻗어나가는 주오 선에 오르면, 두근거리는 문구 여행이 시작된다. 주오 선은 역별로 독특한 문화를 갖고 있다. 거리 분위기를 즐기면서 느긋하게 문구점으로 향해보자.

신주쿠에서 가까운 나카노에는 여행을 테마로 한 '다비야', 고엔지에는 종이 마니아들을 위한 '하치마쿠라', 미타카와 구니타치에도 곳곳에 취향 저격 테마로 운영되는 문구점이 있다.

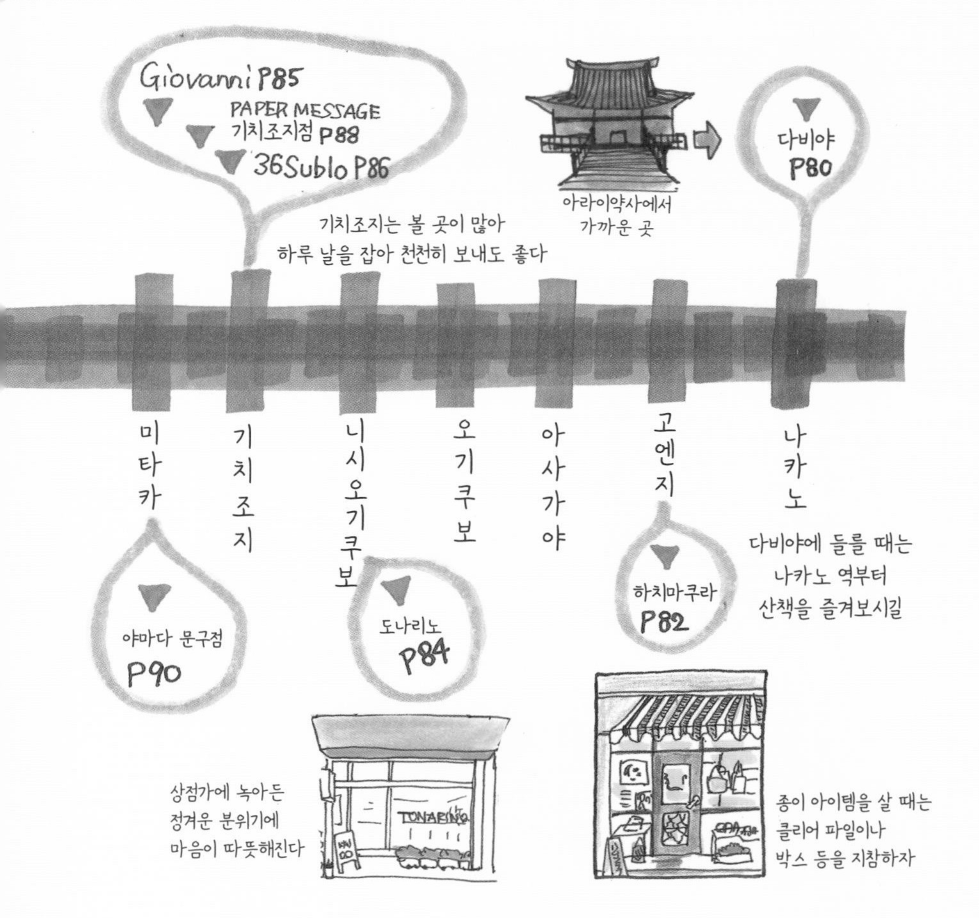

젊은이들이나 가족 단위로 북적거리는 기치조지에도 다양한 문구점이 있다. 레트로하고 정겨운 분위기의 매장에 독특한 문구가 가득한 '36 사부로36 Sublo', 전통적인 이탈리아 문구를 소개하는 '조반니 Giovanni', 다양한 종이 아이템을 갖춘 '페이퍼 메시지 PAPER MESSAGE 기치조지점'을 찾아가보자.

조금 더 가서 있는 구니타치에는 문구 팬들 사이에서 유명한 '쓰쿠시 문구점'이 있으니 꼭 들러보시길.

쓰쿠시 문구점
P94

택시 탈 때는
"고쿠분지 제3중학교 앞 쓰쿠시 문구점"

구니타치
니시고쿠분지
고쿠분지
무사시코가네이
히가시코가네이
무사시사카이

Tour de Brain
구니타치점
P93

구니타치 역 하차 후
도보 일 분

<Point>
구니타치 역 앞의
멋진 가로수 길

나카무라
문구점
P92

영업은 토일 12:00-20:00
홈페이지에서 확인해보기

구니타치 역 근처 '로지나 차방ロージナ茶房'에
맛있는 푸딩이 있다

여행을 떠나고 싶게 하는
문구와 종이 잡화

다비야*
旅屋

* '다비'는 '여행'이라는 뜻

'내 가게를 열고 싶다.' 마음을 키워오던 점주가 2010년 드디어 개점. 인생을 여행으로 여기면서, 마음을 풍요롭게 해줄 것 같은 문구·잡화를 모아놓았다.

특히 유럽에서 매입한 만년필과 문구, 종이 잡화 등이 많다. 유럽 각국의 사용된 우표, 문구 모티프의 액세서리, 트래블러스 노트 관련 상품 및 패스포트 노트, 트레니아트의 철도 문구 등 여행을 떠나고 싶어지는 아이템을 다양하게 갖추고 있다.

그 밖에도 일본 각지의 도도부현*을 백지도로 만든 엽서, 일필전**, 가죽 소품 등 오리지널 굿즈를 판매한다. 점주와 여행이나 문구 정보를 교환하는 게 즐겁다는 평으로, 자주 찾는 이들이 많다. 몇 년 전부터는 유럽에서 온 손님도 늘고 있다고.

* 37쪽 참고
** 21쪽 참고

SHOP COMMENT '여행'은 인생 그 자체. 누구나 여행을 하고 있습니다. 상상하고, 계획하고, 즐기고, 기록하고, 추억하고! 여행을 더 즐겁게, 더 풍부하게 하는 것들을 다양하게 준비했습니다.

* 일본의 대표적 유아용 상비약

** 나가노 현의 옛 지명

발 디딜 틈 없이 늘어선 종이, 종이, 종이

궁극의 컬렉터가 모은
명품 종이 잡화 천국

하치마쿠라
ハチマクラ

독일제

첫눈에 반한 골드 봉투와 그린 봉투

가게 정면

고엔지에 살던 점주가 종이 판매부터 시작한 곳. 이어서 중고 물건도 갖추게 됐다고 한다.

매장을 채운 집기들은 하나같이 역사가 쌓인 것이라 어딘지 그리운 옛 분위기가 감돈다. 근처 전자제품 대리점이 해체될 때 받은 쇼케이스, 낡은 아파트의 우편함 등에 일본 및 해외에서 모은 종이 잡화가 가득 수납되어 있다.

사라사 지요가미*부터 시작되는 컬렉션은 독일에서 들여온 종이나 태국의 글라신페이퍼, 옛 도안가의 포장지 등 하나같이 진귀한 종이들이다. 공업용지 패드나 태국 종이를 사용해 오리지널 제품도 만들고 있다.

명품 종이가 가득한 가게에 콜라주 작가, 종이 컬렉터 등이 한 장뿐인 종이, 보석 같은 종이를 찾으러 발품을 팔러 온다고.

* 종이접기, 장식 등에 많이 쓰이는 색과 무늬가 풍부한 전통 종이

SHOP COMMENT 제2차 세계대전 전의 성냥 라벨이나 간장 라벨, 옛날 담뱃갑이나 면도기 패키지, 종이로 된 실감개를 비롯해 선화지(닥종이), 등사원지, 쇼와 시대 초기 노트 등 수집용 종이를 모으고 있습니다.

상점가 한쪽
동네 어린이들의 미술실

도나리노*

トナリノ

*'도나리노'는 '이웃의'라는 뜻

니시오기쿠보를 산책하다가 불쑥 들어가게 되는 동네 밀착 문구점. 늘 옆에 두고 싶은 애착 가는 문구를 취급한다.

같은 대학에서 미술을 전공한 이들이 니시오기쿠보의 느긋한 분위기가 마음에 들어 함께 개점했다고. 지역에 스며드는 가게를 만드는 것이 목표인 만큼 어린이들이 문구를 더 써주었으면 하는 마음으로 워크숍도 개최하고 있다. 지금도 미술 선생님 같은 역할로, 즐거운 체험을 함께하는 중이다.

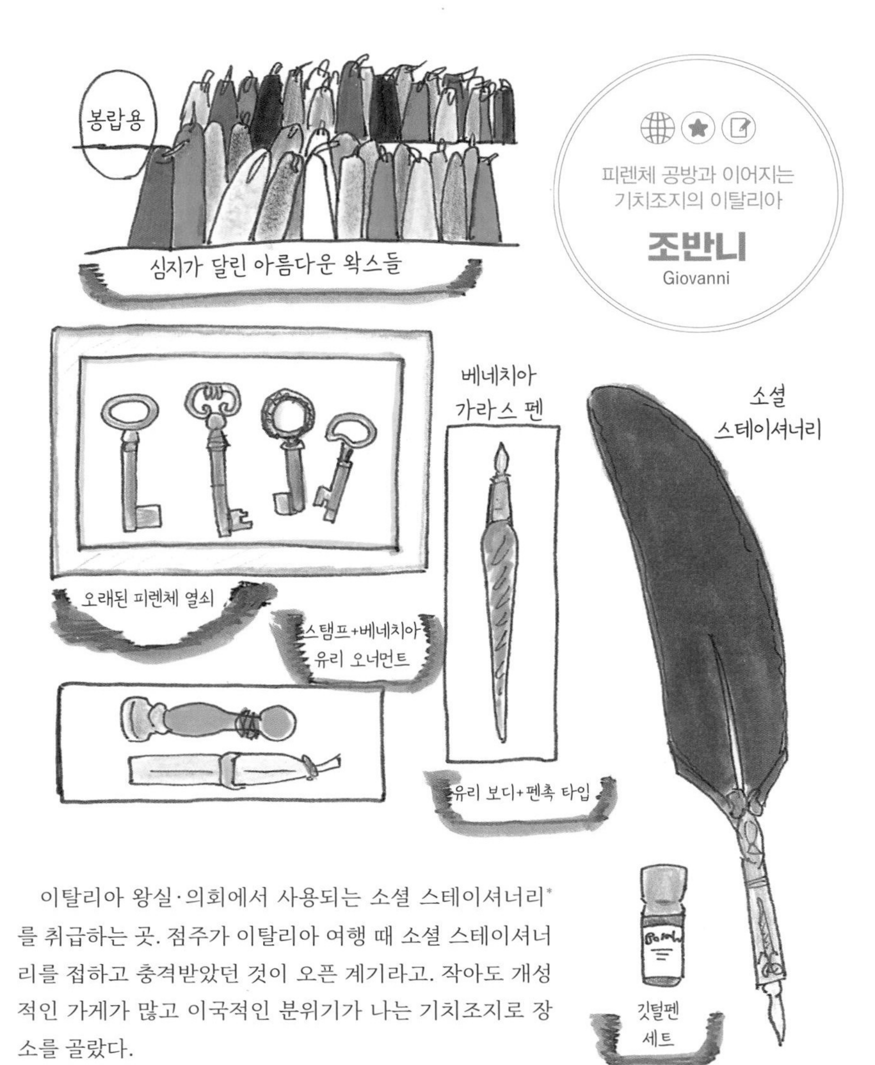

이탈리아 왕실·의회에서 사용되는 소셜 스테이셔너리*를 취급하는 곳. 점주가 이탈리아 여행 때 소셜 스테이셔너리를 접하고 충격받았던 것이 오픈 계기라고. 작아도 개성적인 가게가 많고 이국적인 분위기가 나는 기치조지로 장소를 골랐다.

이탈리아에서 직접 물건을 들여오고 현지 공방에 의뢰해 오리지널 문구를 만드는 등, '정통 이탈리아' 문구를 철저히 추구한다. 가게 이름은 피렌체에서 자주 사용되는 인명이고, 로고에는 현지에서 가장 일반적인 서체를 사용했다. 이탈리아 사람도 감탄할 만큼 이탈리아식을 추구한다.

*공적으로 사용하는 문구

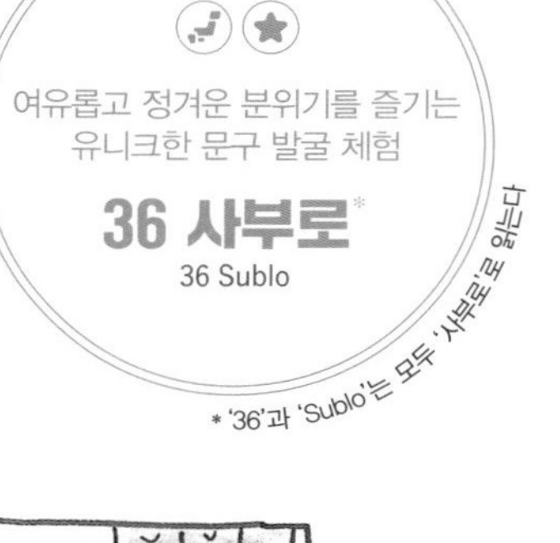

여유롭고 정겨운 분위기를 즐기는 유니크한 문구 발굴 체험

36 사부로*

36 Sublo

* '36'과 'Sublo'는 모두 '사부로'로 읽는다

피식 웃을 수 있는 상품이 가득한 가게에는 어딘가 레트로하고 정겨운 분위기가 감돈다. 점주의 본가는 교토 시 후시미 구에서 문구점을 운영. 사부로라는 가게 이름은 점주의 할아버지 이름에서 따왔다. 매장 상품의 40퍼센트가 오리지널 굿즈로, 다양한 디자인의 스탬프가 인기다. 그 밖에 작고 귀여운 사무용 문구, 아티스트와 컬래버레이션한 작품 등이 있다.

기치조지를 좋아하는 단골손님들이 자주 들러 수다를 즐기며 유니크한 문구를 찾는다. 최근에는 대만 관광객들이 기념 선물로 스탬프를 사가는 경우가 많다고.

밖에서 보이는 '36'이라는 간판, 쇼와풍의 레트로 가구, 개성이 느껴지는 카운터 등 문구 외에도 볼거리가 많다.

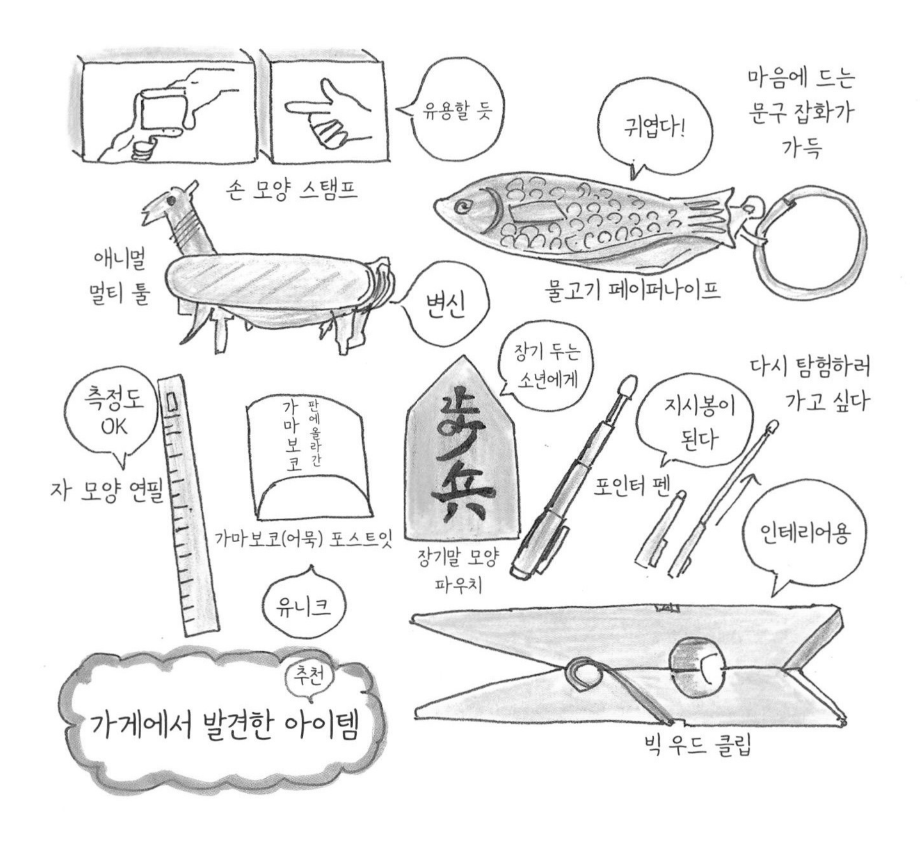

SHOP COMMENT 추천 상품은 일러스트레이터 마코모 씨가 그린 기치조지 비공식 코끼리 캐릭터 '기치조 씨吉ぞうさん' 시리즈입니다. 메모장, 스탬프, 지우개, 미니 타월 등이 있습니다.

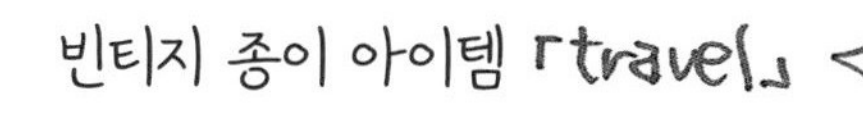

훌륭한
서비스

프로필, 피로연 메뉴,
인사말 등

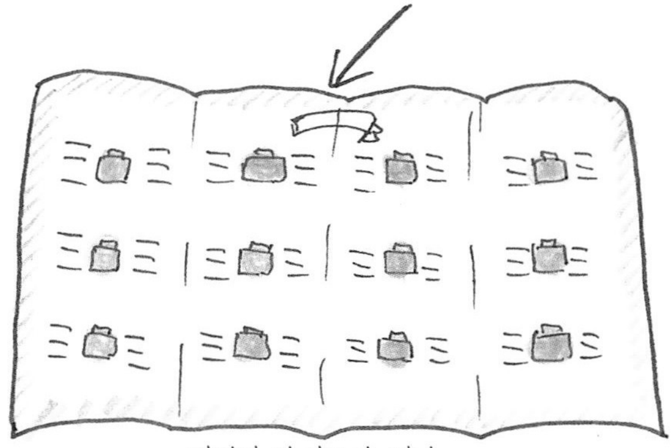

펼치면 좌석표가 된다

일상에 재미를 더하는 종이들

페이퍼 메시지
기치조지점

PAPER MESSAGE
吉祥寺店

초대장도 여행을 테마로

설렘 포인트 상승
비행기 티켓 디자인

기치조지에 봉투나 카드 등의 종이 아이템을 종이 한 장부터 주문할 수 있는 곳이 있다.

점주가 홀딱 반한 디자이너 작품을 취급하려고 고치 현에서 1호점을 오픈한 것이 시작. 도쿄 진출지로 기치조지를 선택한 이유는 나무가 많고 편안한 거리의 느낌이 좋아서라고. 일 년에 다섯 번 이벤트를 기획·운영하며 다양한 종이 아이템을 탄생시켰다.

종이 제품을 고르는 즐거움을 알아줬으면 하는 마음으로 매장에 제본기와 박 기계를 가져다 두었다고 한다. 메모패드나 레터 세트, 편지지, 메시지 카드, 축하 봉투 등을 자사 공장에서 생산·판매하고 있다.

웨딩용 아이템의 인쇄, 근처 가게와 기치조지 거주 작가들 명함 주문도 많다고. 종이 아이템이 필요할 때 의지가 되는 곳이다.

SHOP COMMENT 페이퍼 메시지 상품은 대부분 한 장부터 낱장 판매를 하고 있습니다.
메시지 카드와 봉투, 꽃과 꽃병 카드 등을 받는 사람에 맞게 조합해 고르실 수 있습니다.

국적, 시대에 구애받지 않는
느낌 있는 문구

야마다 문구점

山田文具店

매장에서 발견한
컬러풀한 아이템

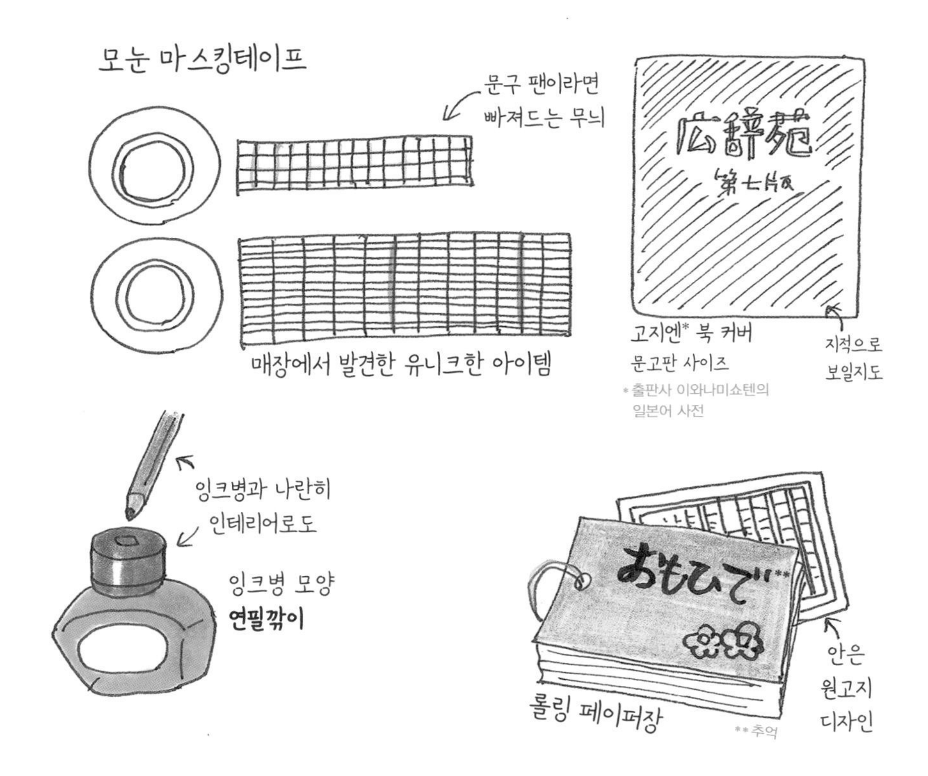

야마다 문구점은 미타카 역 앞 상점가에서 한 골목 들어가면 있는, 문구 팬을 위한 잡화 편집숍이다.

오래된 것이든 새것이든 상관없이 유머와 실용성이 절묘하게 조화된 문구나, 독특한 테마로 손님들과 자연스레 대화를 시작할 수 있는 특징 있는 문구를 모아놓았다.

활판인쇄로 작품을 만드는 아티스트, 레트로한 포장지를 만드는 작가, 소규모 문구 회사 등 다양한 경로로 물건을 들여와 다른 곳에는 없는 상품을 발견할 수 있다.

진열 코너에는 '빵문구' '버섯' '고케시***' '과일' '노트' 등 테마별로 상품을 디스플레이해두었다. 어느 틈엔가 특이한 물건을 찾아보고 싶어지는, 누구나 보물찾기를 하듯 즐거워지는 곳이다.

*** 일본 전통 인형

SHOP COMMENT 어린 시절 용돈을 들고 과자 가게에 갔을 때처럼 두근거림을 느끼실 수 있도록, 감각적인 문구들을 가득 채워두었습니다.

아테나 컬러 잉크

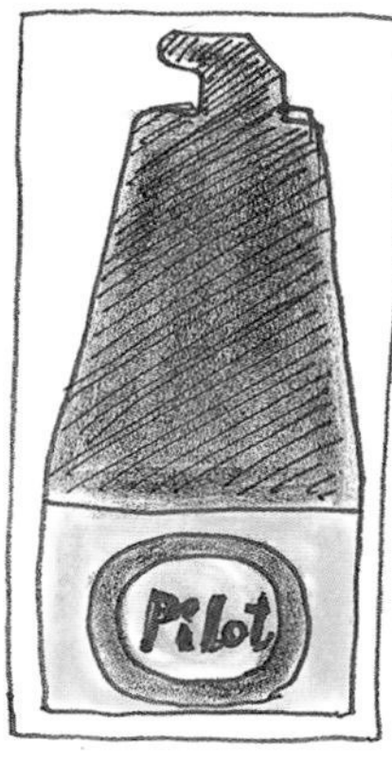

라이온 펜

푸라치나 만년필 잉크

귀중한 재고 가득
고문구를 만날 수 있는 곳

나카무라 문구점

中村文具店

(매장에는 옛날 문구
패키지 디자인이 가득)

시장에 나오지 않고 재고로 남은 고문구古文具를 입수할 수 있는 도쿄 유일의 문구점.

오래된 것을 좋아하는 점주가 일 년에 걸쳐 폐가를 고쳐 만든 가게에는 시간이 쌓인 빈티지 문구, 옛날 문구 상품 패키지, 느낌 있는 간판 등이 가득하다. 고문구를 사용해 만든 메모장 등 점포 한정 오리지널 문구를 꼭 구경해 보길 추천한다.

지금은 쉽게 볼 수 없는 아이템이 많으니 매장에서 특별한 물건을 발굴해보자.

구니타치 역 상업 시설 내에 위치한 곳으로, 문구를 중심으로 디지털 노마드 취향의 라이프스타일을 제안한다. 특히 공유 사무실, 재택근무가 늘어나면서 새롭게 필요해진 아이템을 다양하게 갖추고 있다.

여러 물품을 가지고 다닐 일이 많은 노마드 워커를 위해 가방 정리를 돕는 이너백, 펜케이스, 소품 파우치 등을 카테고리별로 배치. 풍부한 라인업에서 취향에 맞는 물건을 찾는 재미가 있는 곳이다.

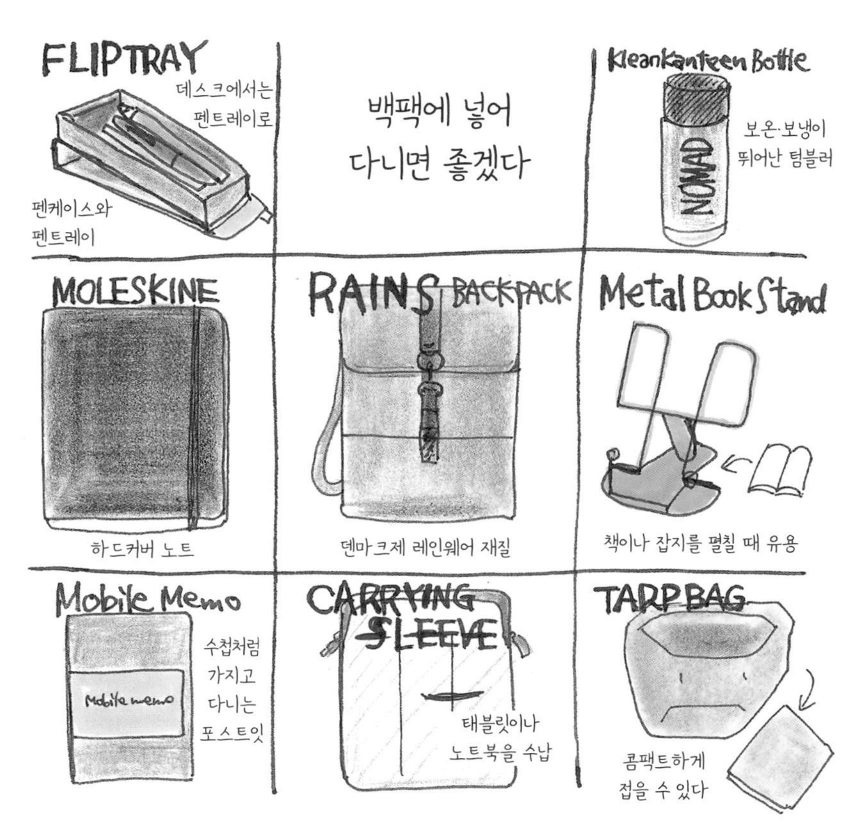

가게에서 찾아볼 수 있는 디지털 노마드를 위한 아이템

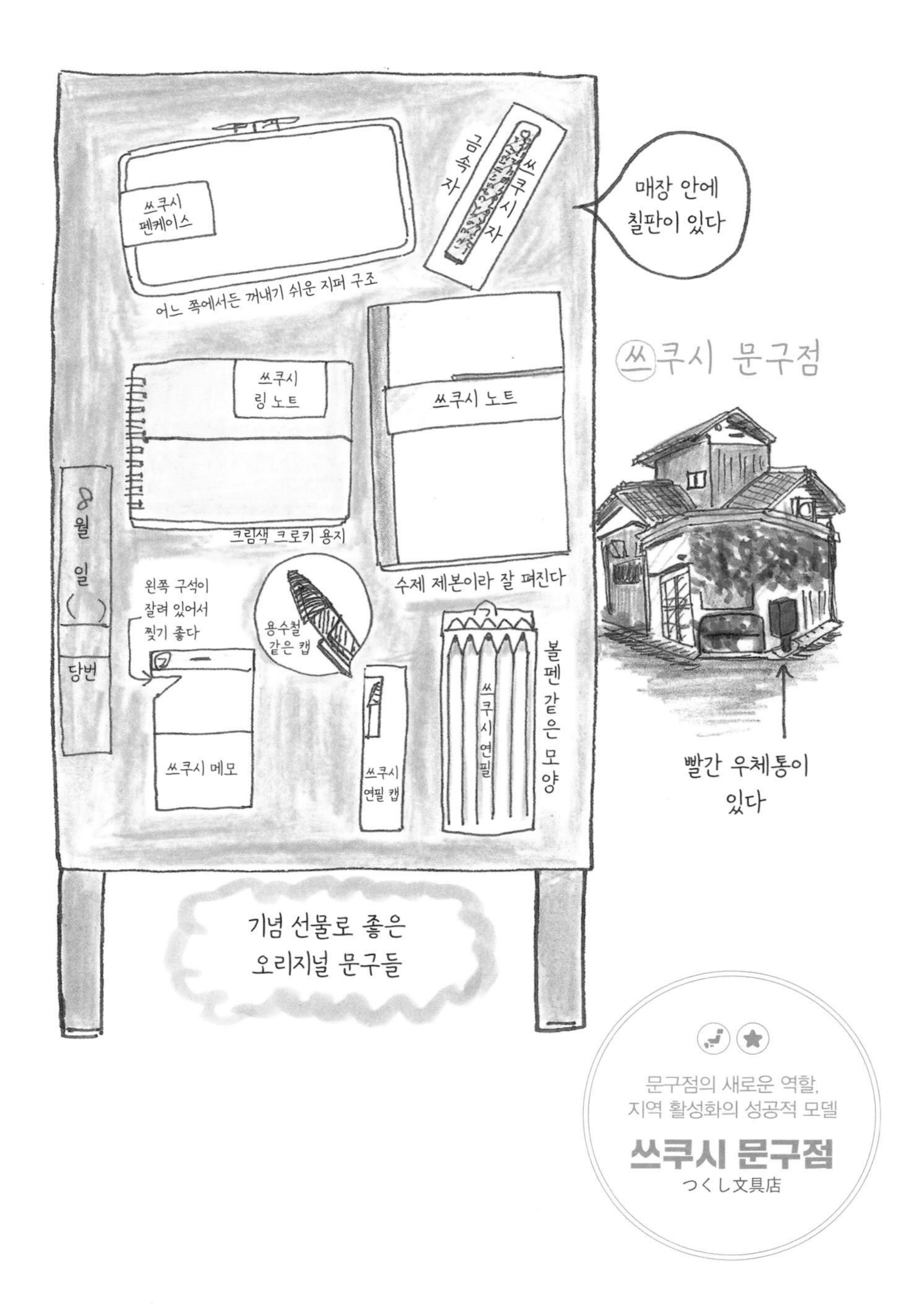

문구점의 새로운 역할,
지역 활성화의 성공적 모델

쓰쿠시 문구점

つくし文具店

쓰쿠시 펜케이스는 여러 개 사서
필기구를 다양하게 넣어 쓰기 좋은 아이템

각기 섬세한 매력이 있는 문구를 취급하는 쓰쿠시 문구점은 도쿄 도 고쿠분지 시 주택가에 있다. 점주의 본가가 운영하던 문구점을 리모델링해 2005년에 오픈했다. 문구 좋아하는 어른들이 일부러 찾아오는 커뮤니티 공간이기도 하다.

2012년에는 '작은 디자인 교실'이라는 실험을 시작하며 문구 좋아하는 참가자들이 당번제로 가게를 보는 시스템을 도입했다. 지금까지 약 삼백 명 정도가 참여, 2023년에는 12기생이 활동하고 있다.

교실 출신자가 다양한 형태로 이곳 다마 지역에서 활약하면서, 쓰쿠시 문구점은 지역의 연결 기점이 되었다.

오리지널 문구는 펜케이스, 봉투, 편지지, 링 노트, 메모, 연필, 연필 캡, 자, 클립 등이 있다. 그중에서도 '쓰쿠시 펜케이스'는 여러 개 가진 사람이 있을 정도로 문구 팬들 사이에서 인기가 많다.

역에서 걸어서 약 이십 분, 조용한 주택가에 있는 세 평짜리 작은 가게입니다. 해외에서나 지방에서도 느긋한 분위기를 즐기고 싶은 분들이 찾아와주십니다. 당번과 편안하게 대화도 나누실 수 있습니다.

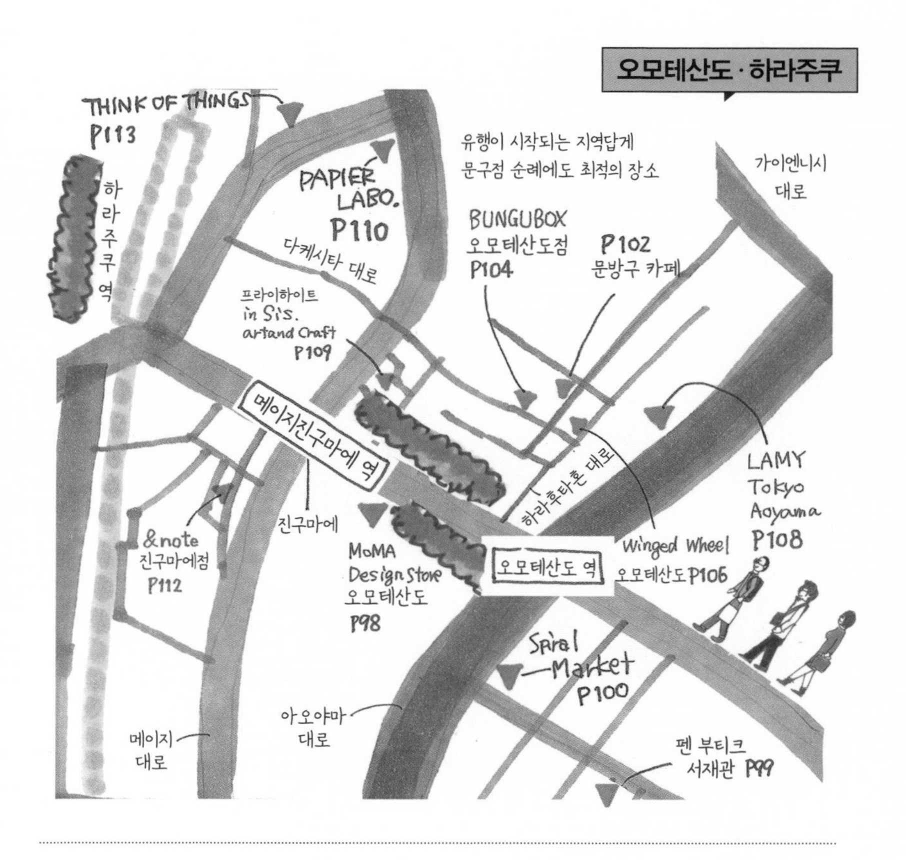

오모테산도 · 하라주쿠
THINK OF THINGS
P113
하라주쿠 역
PAPIER LABO.
P110
다케시타 대로
유행이 시작되는 지역답게
문구점 순례에도 최적의 장소
BUNGUBOX
오모테산도점
P104
P102
문방구 카페
가이엔니시
대로
프라이하이트
in Sis.
artand Craft
P109
메이지진구마에 역
진구마에
¬e
진구마에점
P112
MoMA
Design Store
오모테산도
P98
하라후타쵸 대로
오모테산도 역
Winged Wheel
오모테산도 P106
LAMY
Tokyo
Aoyama
P108
Spiral
Market
P100
아오야마
대로
메이지
대로
펜 부티크
서재관 P99

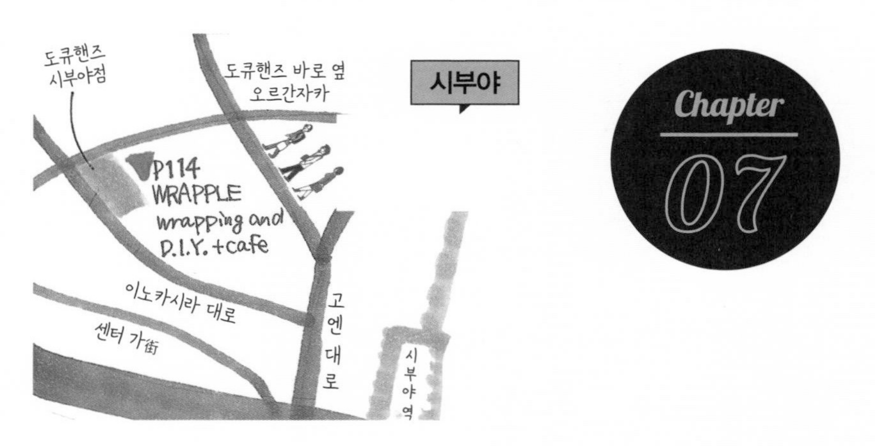

도큐핸즈
시부야점
도큐핸즈 바로 옆
오르간자카
시부야
P114
WRAPPLE
wrapping and
D.I.Y. +cafe
이노카시라 대로
센터 가街
고엔대로
시부야 역

Chapter

07

JR하라주쿠 역에서 가로수 길을 걸으면 도쿄메트로 오모테산도 역에 도착한다. 패션의 거리로도, 젊은 연인들의 데이트 코스로도 인기 있는 지역이다.

의외일지 모르겠지만 이 주변에는 문구 스폿이 많다. 산책 스타트 지점은 하라주쿠 역과 오모테산도 역, 어느 쪽이든 좋다. 훌륭한 디자인의 문구를 만날 수 있는 뮤지엄숍 '모마 디자인 스토어MoMa Design Store 오모테산도'나 만년필 전문점 '분구박스BUNGUBOX 오모테산도점', 매장의 카페 공간에서 문구와 미술용품을 자유롭게 써볼 수 있는 '문방구 카페'도 지나칠 수 없다.

시부야에서 도요코 선을 타고 다이칸야마나 나카메구로의 인기 브랜드 직영점에도 들르면 좋다. 유행이 빠른 지역이라 이곳에 매장을 열었다는 문구점이 많다. 발품을 팔아 각각의 취향과 고집을 느껴보시기를.

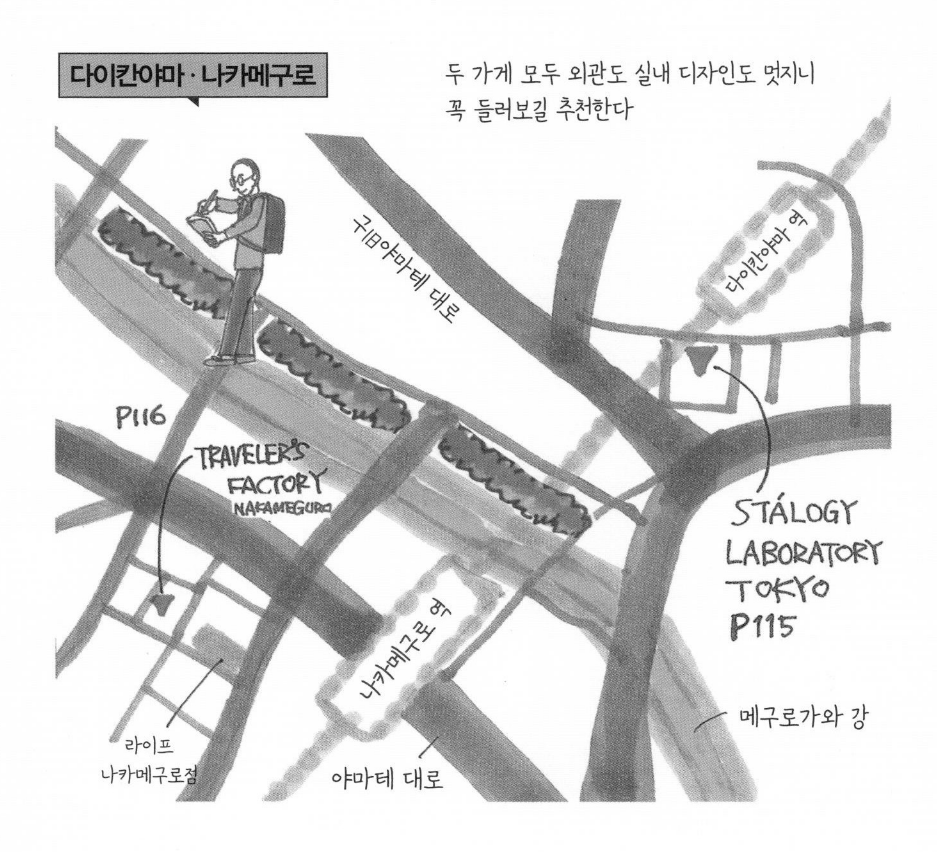

MoMA 디자인의 문구

진화한 디자인 문구

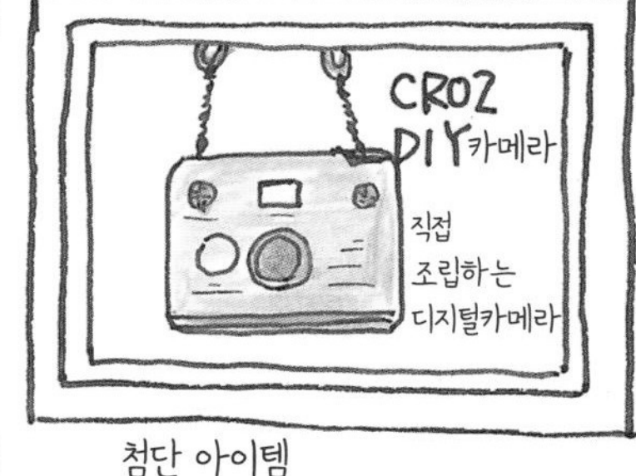

첨단 아이템

오모테산도에서 만나는 뉴욕 심미안 제품

모마 디자인 스토어 오모테산도

MoMA Design Store 表参道

뉴욕현대미술관MoMA의 큐레이터가 엄선한, 혁신성·독창성 넘치는 아이템을 만나볼 수 있는 뮤지엄숍. 뉴욕 이외의 매장은 이곳이 유일하다.

MoMA의 세계관을 표현한 오리지널 굿즈가 유행을 선도하는 하라주쿠 지역의 특성과도, 가게가 들어선 복합 시설 자이르의 럭셔리한 분위기와도 잘 어울린다.

가격 부담이 크지 않은 문구부터 고급 잡화까지 폭넓게 아트를 체험하기 좋은 곳이다.

국내외 다양한 브랜드를 취급하는 필기구 전문점. 펜도 패션의 일부라는 생각으로 고객이 자기 취향에 맞는 펜을 만날 수 있도록 서포트한다.

가격순 진열 등으로 보기 좋게 분류된 필기구 중 '쥐어보고 싶다' '써보고 싶다' 하는 것부터 천천히 체험해보며 마음에 드는 한 자루를 고르면 된다.

레트로한 앤틱 조명 기구가 멋진 카페 코너도 있다. 매장에서 보내는 시간이 편안할 수 있도록 곳곳에 신경을 썼다.

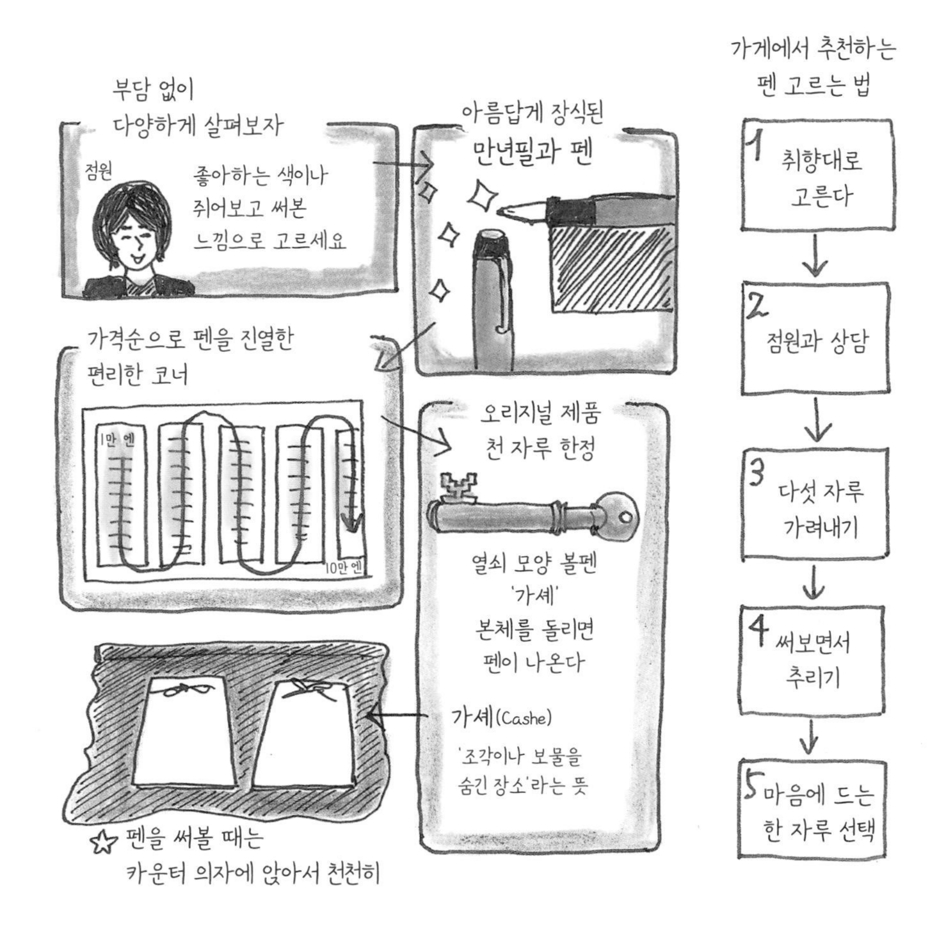

다채로운 카드들

오래 쓸 수 있는 디자인으로 채운
아오야마의 아트 공간

스파이럴 마켓
Spiral Market

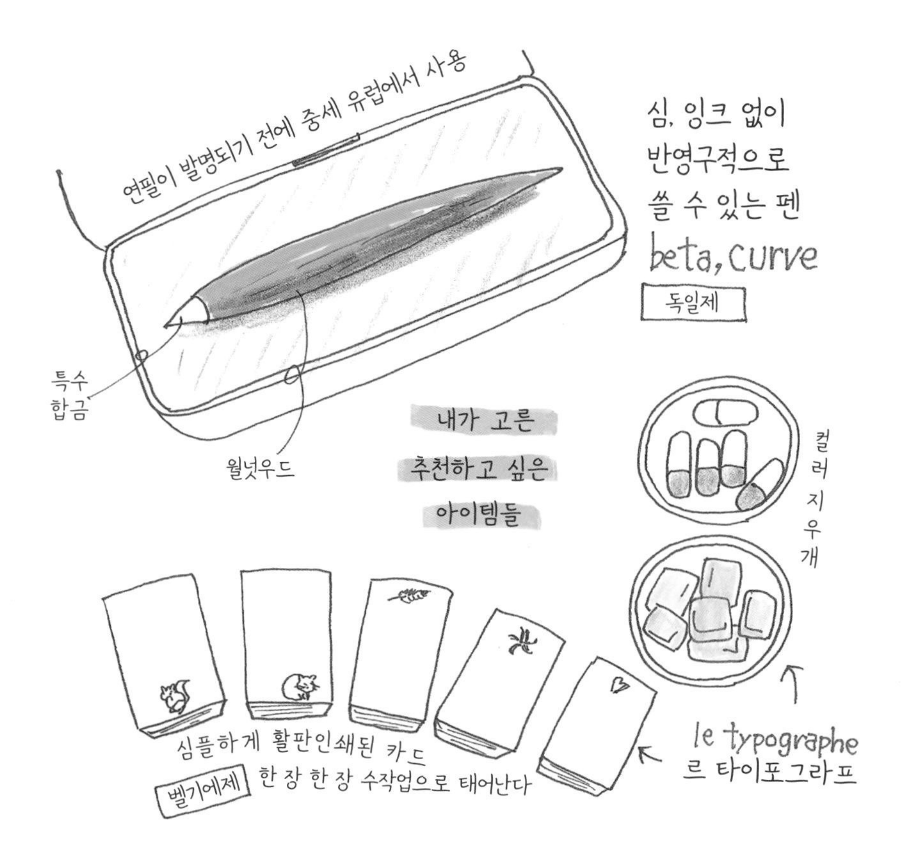

아트 공간을 가진 복합문화 시설 스파이럴 내의 스파이럴 마켓은 1985년 편집숍의 선발 주자로 오픈했다. '영원한 디자인'을 콘셉트로 생활에 녹아들어 오래 애용할 수 있는, 만든 이의 생각이 전해지는 생활 잡화를 모아두었다.

디스플레이는 시즌별로 바뀌고, 국내외 상품이 다양하게 갖춰져 있다. 벨기에의 활판인쇄 종이 상품 브랜드나 독일의 노트 브랜드 등 해외 상품과, 취향과 고집 있는 제작자가 만든 일본 문구 상품 등을 골고루 만나볼 수 있다. 나무축 볼펜이나 노트 등 오리지널 굿즈도 인기다.

포장 관련 굿즈도 다양하다. 포장을 원하는 물건이 있으면 포장 서비스도 이용할 수 있어 편리하다.

SHOP COMMENT 작가·크리에이터의 작품을 소개하는 '스파이럴 마켓 셀렉션'은 사백 회 넘게 개최된 인기 기획입니다. 꼭 둘러보세요.

문방구 카페에서
문구를 먹습니다
샌드위치 레터
마음을 샌드
샌드위치
레터
과일 샌드
맛있어 보이는 편지지 세트
샐러드 샌드 일러스트
과일 샌드 일러스트
Tape+Tape
마스킹테이프를 두 개
세팅할 수 있는 테이프 커터
선물용으로도 추천하고 싶은 세트
어른을 위한
작은 서예 세트
서예
오모테산도에서 만나는
문구 PR의 성지
문방구 카페
文房具カフェ

일류 패션 브랜드의 로드숍이 늘어선 '도쿄의 샹젤리제', 오모테산도에는 예전에는 문구라는 키워드가 없었다. 그런 오모테산도에서 문구도 패션 아이템에 못지않다는 생각으로 출범한 곳이 이곳 문방구 카페다.

매장 안 카페 공간에는 자유롭게 써볼 수 있는 문구, 미술용품이 마련되어 있다. 신제품 발표회, 토크 이벤트 등 문구 회사와 소비자가 서로 소통할 수 있도록 즐거운 이벤트도 활발하게 개최한다.

오모테산도라는 장소의 특성상 아기자기한 문구를 써보고 싶다는 가벼운 마음으로 가게를 방문하는 고객도 많다. 최근에는 애니메이션 컬래버레이션도 진행했다. 음식 메뉴 개발, 컬래버 굿즈 제작 및 판매 등을 하며 애니메이션 팬들의 관심까지 사로잡은 곳이다.

SHOP COMMENT 문방구 카페 공식 회원(입회비 칠백 엔)이 되시면, 매장에 있는 책상의 서랍 열쇠를 받아 비공식 메뉴를 주문하거나 서랍 안 문구를 자유롭게 사용하실 수 있습니다.

BUNGUBOX
오리지널 병 잉크
Ink tells more

유리 하이힐 모양의
아름다운 병을 매장에서
구경해보세요

스위스 가구 회사 USM의 세련된 진열장

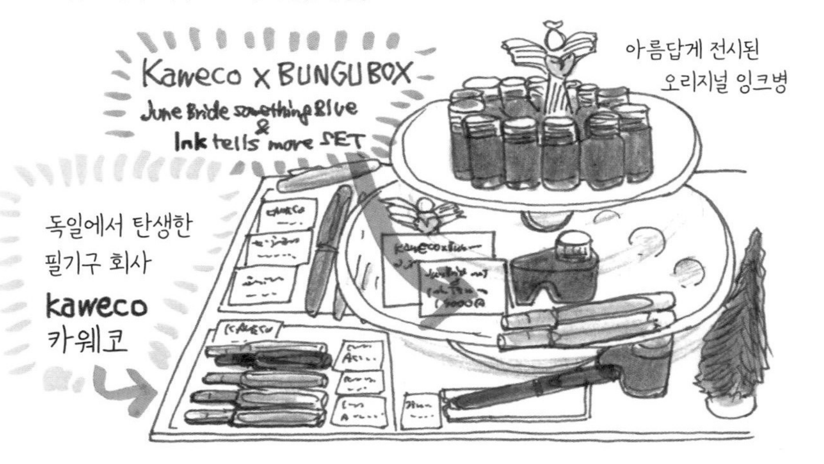

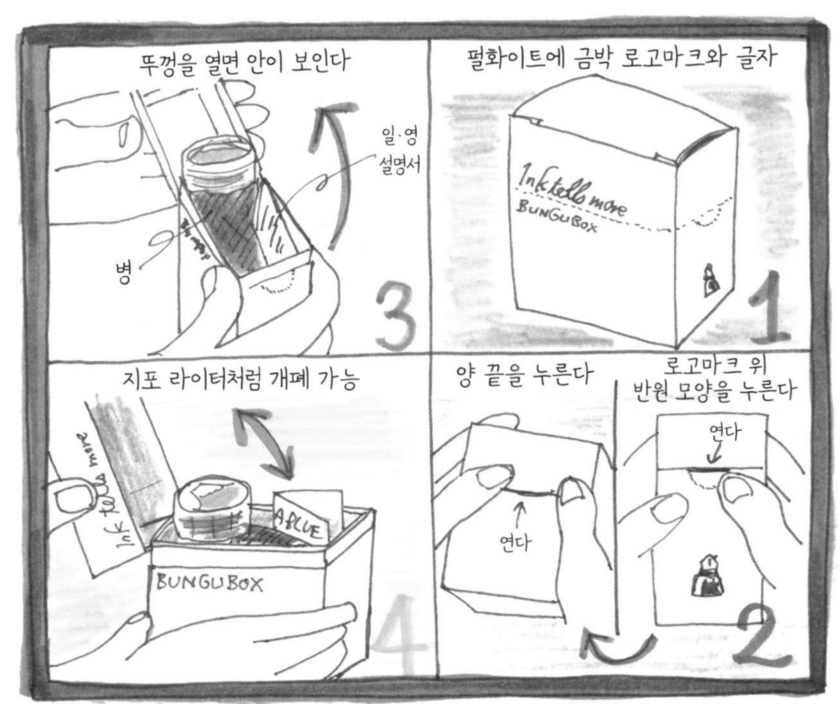

Ink tells more 박스 여는 법과 이용 방법

시즈오카 현의 인기 만년필 전문점이 도쿄로 진출했다. 오모테산도로 정한 이유는 만년필과 오리지널 잉크에 어울리는 이미지였기 때문이라고.

만년필부터 만년필 관련 굿즈까지 다양한 상품이 있다. 2018년에는 유리 하이힐 모양의 신형 병 잉크를 발매했다. 펜촉이 잉크를 쉽게 빨아들일 수 있도록 신경 써서 고안한 디자인으로, 병에 라벨이나 스티커를 붙이지 않아 잉크 색이 돋보인다. 그 밖에 만년필 전문가와 컬래버한 오리지널 아이템도 인기다.

국내 손님과 해외 관광객 손님의 비율이 반반. 미국, 싱가포르, 대만, 중국, 오스트레일리아 등 전세계 만년필 애호가들이 오리지널 굿즈를 구하러 찾아오는 곳이다.

SHOP COMMENT 일류 만년필 회사에 의뢰해 만든 아름다운 색상의 만년필이 있습니다. 몸체와 뚜껑 맨 윗부분에 와지마 지역의 나전칠기화가 새겨진 오리지널 만년필은 이곳에서만 살 수 있는 강력 추천 상품입니다.

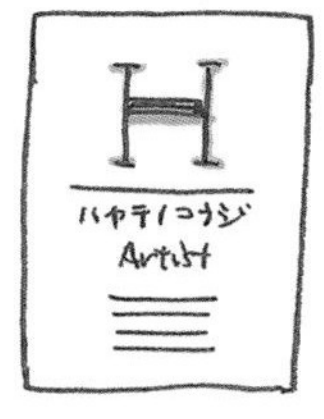

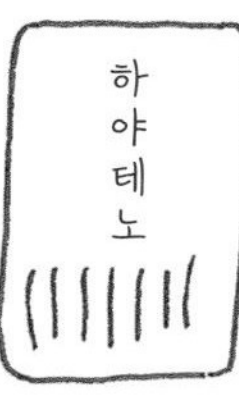

하야테노

☆ 명함을 주문하면 어떻게 나올지 상상해봤다

카페 코스터

HAYATE堂

☆카페 코스터를 주문하면 어떻게 될까

폐점

편지용품 전문점에서
다양한 종이를 즐기는 행복

윙드 휠
오모테산도

Winged Wheel 表参道

스테이플러로 철한
심플한 상자

샘플을 보면 이리저리
만들어보고 싶다

초콜릿 상자 샘플

☆상자도 멋지다

언젠간 만들고 싶은
나만의 서신 카드

KOUJI
HAYATENO

샘플이 다양하게 있어
이미지를 쉽게
그려볼 수 있다

카드는 21색 가운데 고를 수 있다!

봉투는 총 4색

테두리 가공 봉투
종이 끝부분에 색이 더해져 있다

포인트!

이름이나 마크를 넣은 봉투

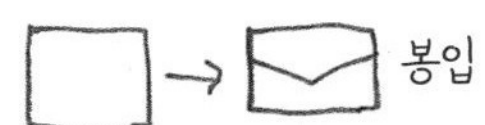

알기 쉽고 예쁜 샘플이
상상의 날개를
활짝 펼쳐준다

두꺼운 종이의 네 귀퉁이를
스테이플러로 철한 심플한 상자

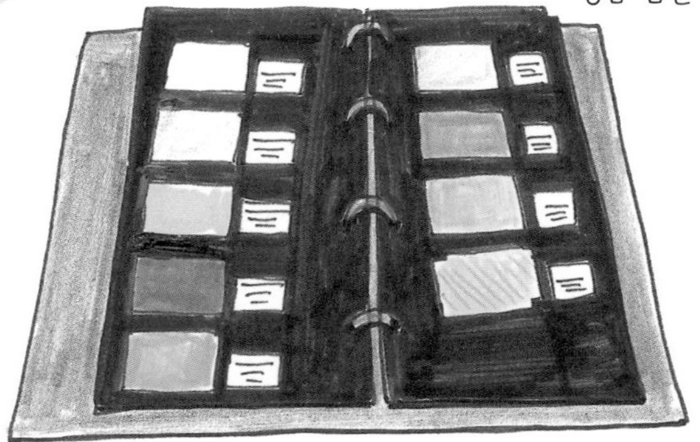

봉투 회사가 운영하는 편지용품 전문점 윙드 휠 오모테산도에서는 봉투, 카드, 편지지 등 깐깐하게 고른 소재로 자사 공장에서 직접 생산한 아이템을 판매한다.

일부러 찾아올 만한 가게를 만들고 싶다는 생각으로 골목 깊은 곳에 매장을 마련했다. 종이를 고민하는 손님들이 많기에, 고객에게 용도를 물으며 직접 만져보고 가장 좋은 상품을 고를 수 있도록 돕고 있다.

회사 프레젠테이션에서 사용할 안내장의 주문 인쇄, 결혼을 앞둔 커플의 청첩장 제작 등을 의뢰받는 일도 많다고. 장소 특성상 해외에서 온 관광객도 많이 찾는다. 편지 문화에 익숙한 유럽·미국 고객은 이곳에서 편지지를 구입한 뒤 자기 앞으로 보내 귀국할 때쯤 받아보기를 기대한다는 후문이다.

SHOP COMMENT 매장에는 수백 종의 종이 제품을 갖춰놓았습니다. 거의 모든 상품을 주문 제작으로 가공할 수 있습니다. 아날로그 분위기의 활판인쇄나 박 가공으로 명함, 안내장을 만들어보세요.

독일 필기구 회사 라미의 해외 첫 로드숍.

전세계에서 팔리는 'Safari'나 '2000' 등 다양한 시리즈를 만나볼 수 있다. 마음에 드는 제품은 점원의 해설을 들으며, 손에 쥐고 써보며 느낌을 확인해보자. 점원과 편안히 대화하면서 심플하고 모던한 라미의 스타일과 기능성을 즐길 수 있다. 날씨에 따라 제공하는 특별 서비스도 있으니 놓치지 마시길.

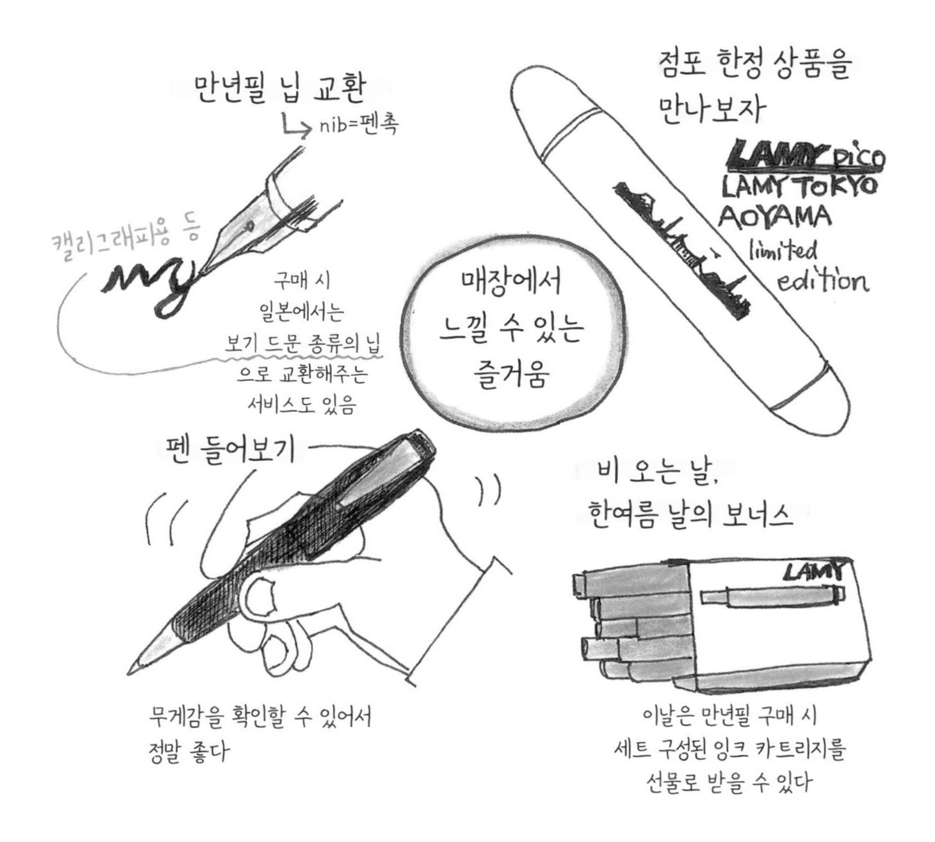

이전

패셔너블하게 융합된
문구와 액세서리

프라이하이트 인 시스. 아트 앤드 크래프트

フライハイト in Sis.
art and craft

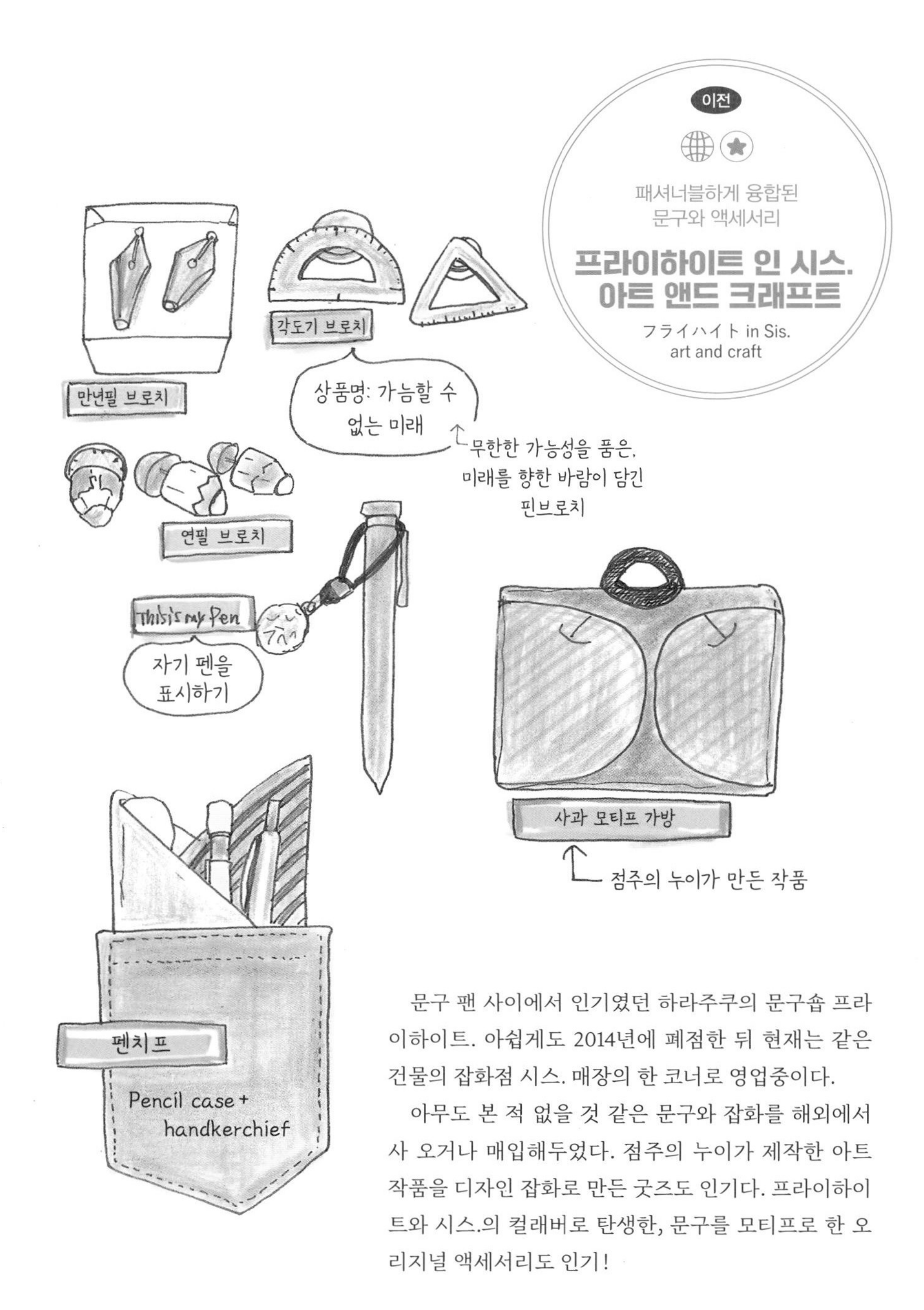

문구 팬 사이에서 인기였던 하라주쿠의 문구숍 프라이하이트. 아쉽게도 2014년에 폐점한 뒤 현재는 같은 건물의 잡화점 시스. 매장의 한 코너로 영업중이다.

아무도 본 적 없을 것 같은 문구와 잡화를 해외에서 사 오거나 매입해두었다. 점주의 누이가 제작한 아트 작품을 디자인 잡화로 만든 굿즈도 인기다. 프라이하이트와 시스.의 컬래버로 탄생한, 문구를 모티프로 한 오리지널 액세서리도 인기!

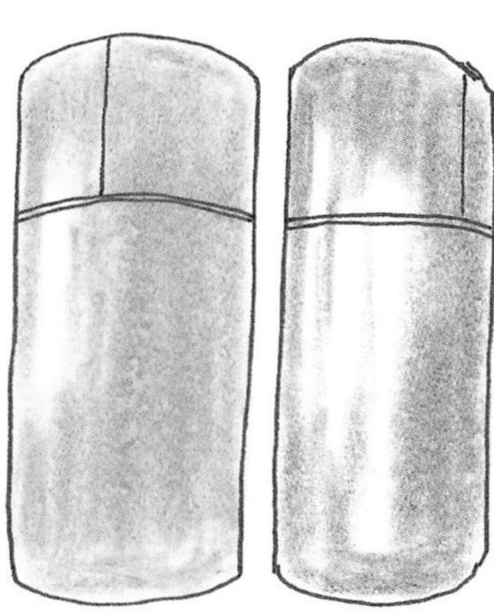

Pencan

오리지널 양철 캔 펜케이스
노포 캔 제작소에서
전부 수작업으로 만든다

얇은 판지 소재
오리지널 조립식
명함 박스

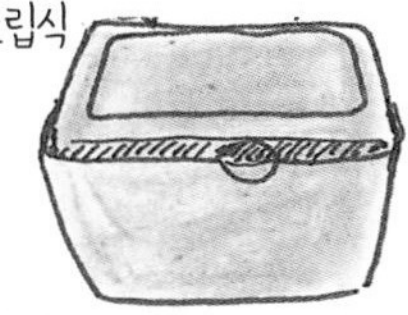

백 장 들어간다

Folding Card Box

매장 계산 카운터 앞의 종이 의자

프랭크 게리 작품

엄청난 존재감

가게에서 직접
보는 것을 추천

종이에 대한 가게의 고집과 일치하는 의자

전지적 종이 시점에서 생각한
어딘지 다른 제품들

파피에 라보.
PAPIER LABO.

'종이와 종이에 관한 제품'을 테마로 한 잡화점. 종이의 종류, 인쇄 방법에 따라 제품 제작이나 표현이 다양해진다는 데 흥미를 느낀 점주가 오픈했다.

현재는 종이에서 파생된 아이디어나, 제작자들과의 네트워크를 바탕으로 오리지널 제품을 개발중이라고. 활판인쇄를 이용한 명함 등 인쇄물 주문도 받고 있다.

고객이 제품을 구입할 때 제작 배경을 설명해준다는 점주. 고객의 반응을 인쇄 기술자들에게 전하면 기뻐한다고 한다. 인쇄 가공에 관심 있는 사람, 인쇄 전문가, 감도 높은 사람이라면 다양한 아이디어를 교환하러 방문해도 좋을 곳이다.

카운터 풍경

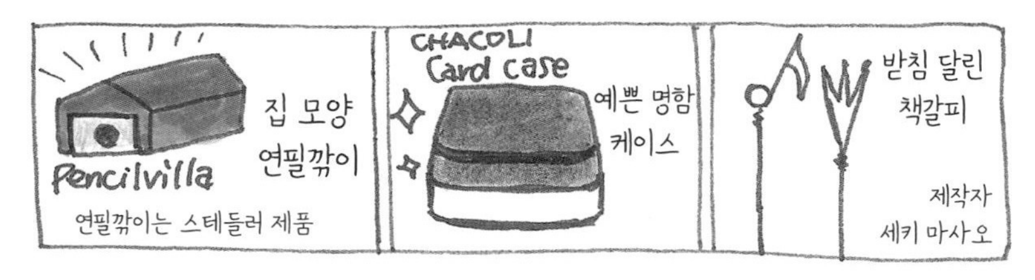

SHOP COMMENT 오리지널 제품 외에도 여행지에서 발견한 물건, 인연 있는 사람이 만들어준 물건 등 국내외 불문, 점주의 취향과 인연에 의지해 발탁된 제품을 취급하고 있습니다.

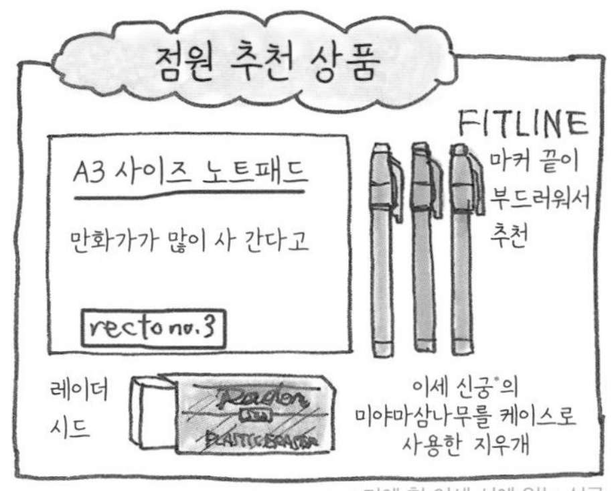

* 미에 현 이세 시에 있는 신궁

메이지진구마에의 문구·잡화점 앤드노트에서는 대형 문구점에서는 취급하지 않는, 다른 곳에서는 쉽게 볼 수 없는 문구를 만날 수 있다. 신제품이나 캐릭터 상품은 취급하지 않는다는 주의다.

고객들이 자신만의 문구를 찾을 수 있도록 회사에서 제공하는 집기를 사용하지 않고 독자적인 감각으로 진열한다. '황색 문구 코너' 등 개성 있게 카테고리를 설정해놓았다.

가게의 모체인 잡화 회사 스파이스가 제작한 오리지널 노트도 인기다.

문구와 가구, 음식을 모두 즐길 수 있는 복합 매장이 센다가야에 있다. 문구, 오피스 가구, 사무기기를 취급하는 회사 고쿠요가 실험 점포로 운영중으로, 디자인이나 크리에이티브에 관심 있는 국내외의 고객들이 많이 찾는다.

종이와 철, 종이 박스와 파일 등 서로 다른 분야의 소재를 조합해 만든 오리지널 문구, 완성을 위한 마무리는 사용자에게 일임하는 하프메이드 half-made 잡화 등 고정 관념을 깨는 제품을 다양하게 만날 수 있다.

포장하는 즐거움을 전하는
시부야의 래핑 스페이스

래플 래핑 앤드 디.아이.와이. 플러스카페

WRAPPLE wrapping and
D.I.Y.+cafe

다양한 래핑 조합. 포장은 역시 시모지마

카페로 이용 가능해서 좋다

공간이 넓어서 좋다

포장지나 종이봉투 등, 포장용품부터 문구용품까지 폭넓게 취급하는 문구 회사 시모지마가 운영하는 곳. 고객들에게 다양한 포장용품을 알리고 싶다는 생각으로, 래핑과 DIY를 테마로 한 상품을 소개한다. 1층에는 카페도 있다.

수제에 관심 있는 고객들을 위해 앨범 만들기, 미즈히키* 묶기, 지우개 도장 파기 등 워크숍도 자주 개최한다. 종이 DIY를 좋아하는 점원이 상주하고 있고, 원하는 물건을 가져가 포장을 받을 수도 있다.

* 일본식 매듭

폐점

다이칸야마에서 세팅하는
문구 기프트 박스

스타로지 래버러토리 도쿄

STÁLOGY LABORATORY
TOKYO

에디터스 시리즈
에디터스 메모

절취선으로 자르면
포스트잇도 되는 메모지.
그대로 노트에
옮겨 붙일 수 있다

일용품을 취급하는 니톰스의 문구 브랜드 스타로지. 문구점이 있을 것 같지 않은 다이칸야마에 자리 잡았다. 매장에는 우체국풍 오브제와 편지 분류장이 설치되어 있고, 약 일 년 후 편지가 도착하는 '미래 레터' 서비스를 진행중이다. 공간의 반을 차지하는 갤러리에서는 신인 아티스트의 작품을 소개한다.

오리지널 토트백이라든지, 스타로지 제품을 골라 채우는 기프트 박스 등 점포 한정 전략도 관심을 끈다.

가게 2층 소파에서
트래블러스 노트에
그림을 그리는 점주

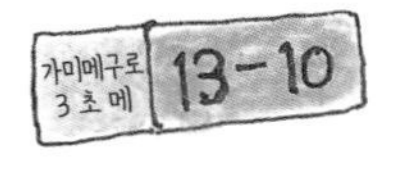

2층에 올라가 잠깐 쉬어가세요

TRAVELER'S FACTORY

사용자들이 필연적으로 교류하는
트래블러스 노트의 성지

트래블러스 팩토리
나카메구로

TRAVELER'S FACTORY
NAKAMEGURO

커스터마이즈 지향이 강한 문구 브랜드 트래블러스 컴퍼니의 플래그숍. 사용자들의 교류의 장이 되고 있다. 혼자 온 사람들끼리 2층 테이블에 앉아 노트를 공유하며 대화를 나누는 모습도 보인다. 국경을 초월한 교류도 있다고. "여기 오면 여행 떠나고 싶다"라는 목소리도 많이 들려온다.

1층에는 트래블러스 노트 관련 아이템에 더해 여행 테마 문구, 잡화가 가득하다.

2층 테이블과 바닥은 목재 비계판을 활용했는데, 페인트가 묻은 나무 색감이 근사하다. 오사카의 가구 회사 트럭 퍼니처의 소파에 앉으면 어쩐지 느긋해진다. 도쿠시마 아알토 커피의 오리지널 블렌드, 트래블러스 블렌드도 마셔보길 추천한다.

SHOP COMMENT 2층 공간에서는 이벤트, 워크숍 등이 개최됩니다. 상세 내용은 홈페이지에서 안내드리니 체크해보세요.

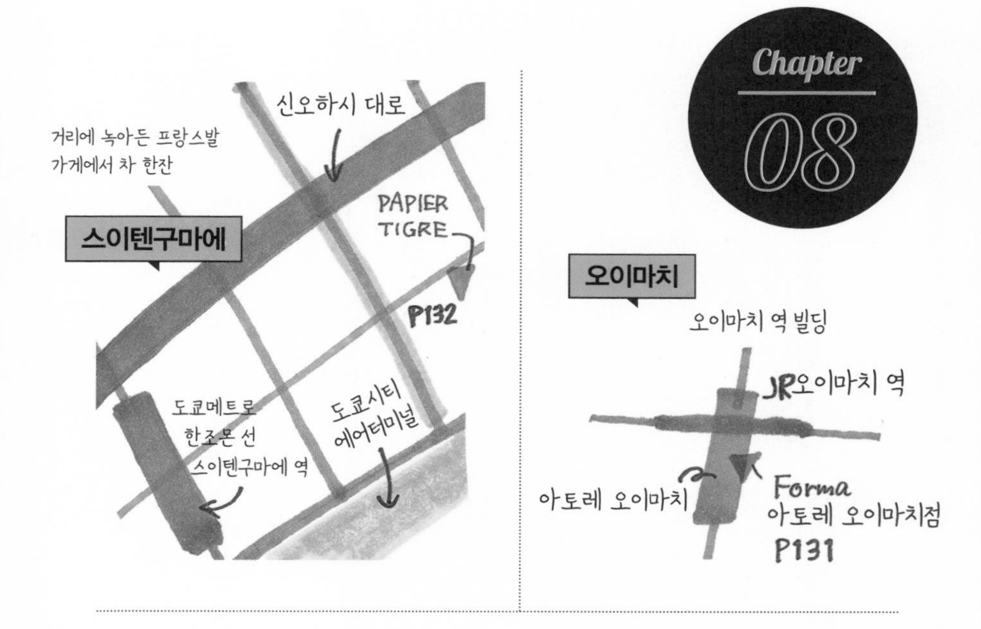
Chapter
08
거리에 녹아든 프랑스발
가게에서 차 한잔
스이텐구마에
신오하시 대로
PAPIER TIGRE
P132
도쿄메트로
한조몬 선
스이텐구마에 역
도쿄시티
에어터미널
오이마치
오이마치 역 빌딩
JR오이마치 역
아토레 오이마치
Forma
아토레 오이마치점
P131

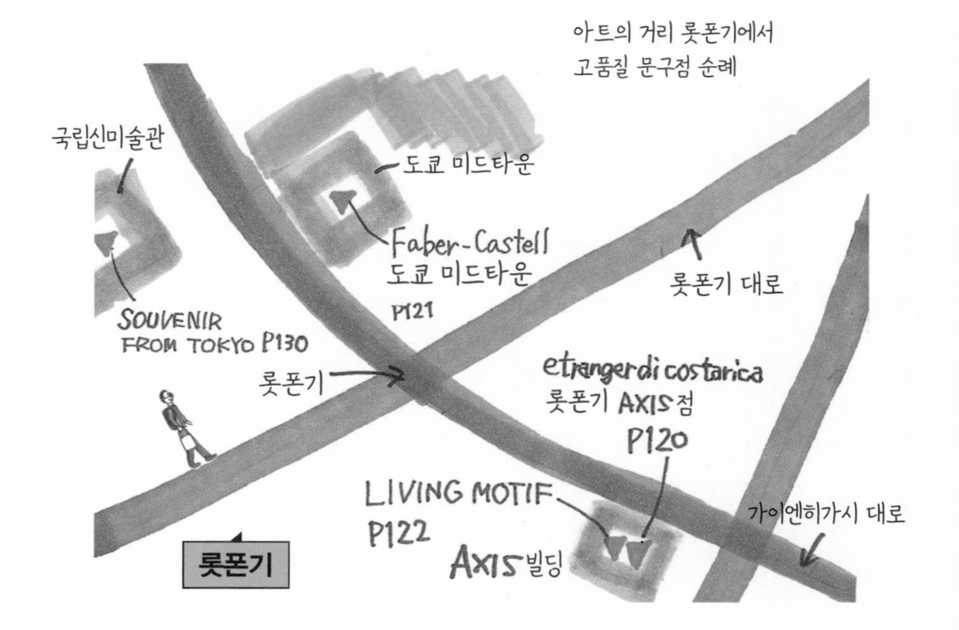
아트의 거리 롯폰기에서
고품질 문구점 순례
국립신미술관
도쿄 미드타운
Faber-Castell
도쿄 미드타운
P121
롯폰기 대로
SOUVENIR
FROM TOKYO P130
롯폰기
etrangerdi costarica
롯폰기 AXIS점
P120
LIVING MOTIF
P122
AXIS빌딩
가이엔히가시 대로
롯폰기

이번 챕터에서는 지금까지 지역별 소개에서 미처 다루지 못한 도쿄 23구 내의 문구점을 소개한다. 스타일리시한 스폿이 많은 지유가오카에서는 유럽에서 들여온 문구나 잡화를 소개하는 '식스SIX', 새로운 관광지로 주목받는 오쿠시부에서는 원하는 재료로 오리지널 노트를 만들 수 있는 '하이나인 노트HININE NOTE'를 추천한다.

롯폰기 지역에서는 아름다운 디스플레이가 매력적인 '리빙 모티프LIVING MOTIF'를 시작으로 도쿄 미드타운 내 해외 문구 회사 직영점, 국립신미술관 내 뮤지엄숍 등 문구점 순례를 만끽해보기를! 스이텐구마에 역 근처의 프랑스발 문구 브랜드 직영점 '파피에 티그르PAPIER TIGRE'도 추천하고 싶은 곳이다. 매력적인 문구점이 곳곳에 아직 많이 남아 있다.

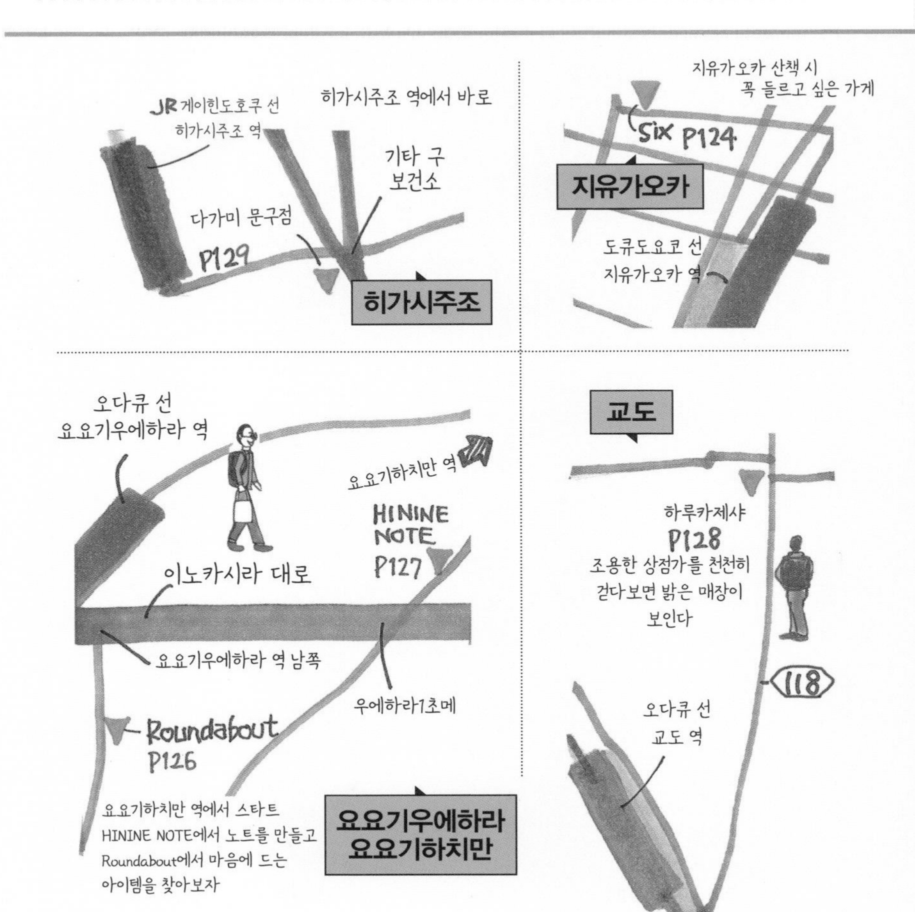

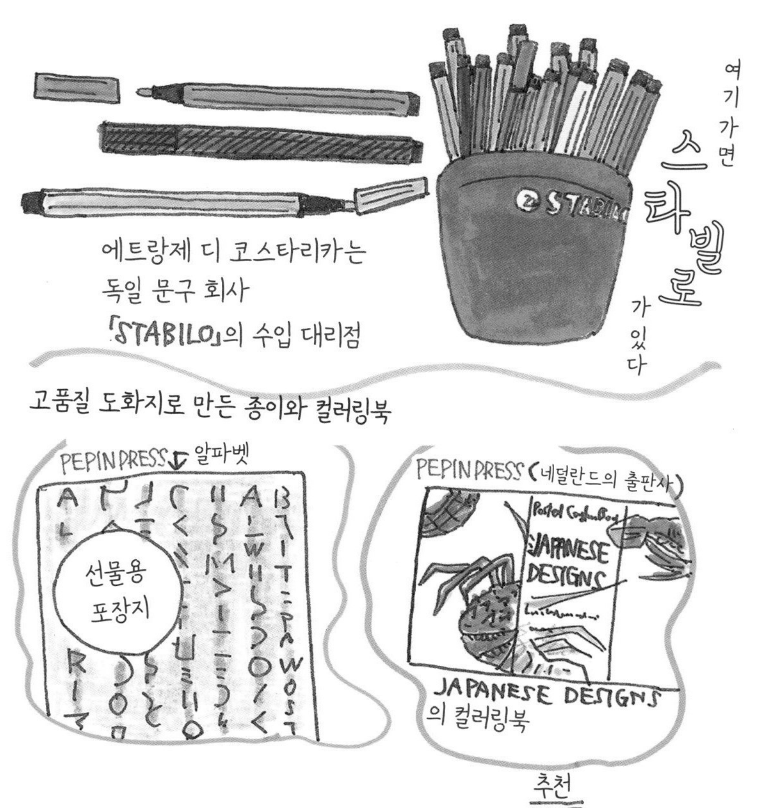

문구·잡화를 수입 및 판매하는 기업의 직영점 겸 도쿄 지사. 유럽 브랜드부터 자사 제조 제품까지, 일상이 즐거워지는 디자인 상품을 갖추고 있다.

인기 상품은 독일의 노포 필기구 브랜드 스타빌로의 마커와 색연필. 어른부터 어린이까지 팬이 많다. 네덜란드 출판사 페핀 프레스가 발행하는 어른용 컬러링북도 있다. 아름다운 장식 미술, 텍스타일 등으로 채워져 있어 색칠하는 것만으로 아티스트 기분을 느낄 수 있는 추천 아이템이다.

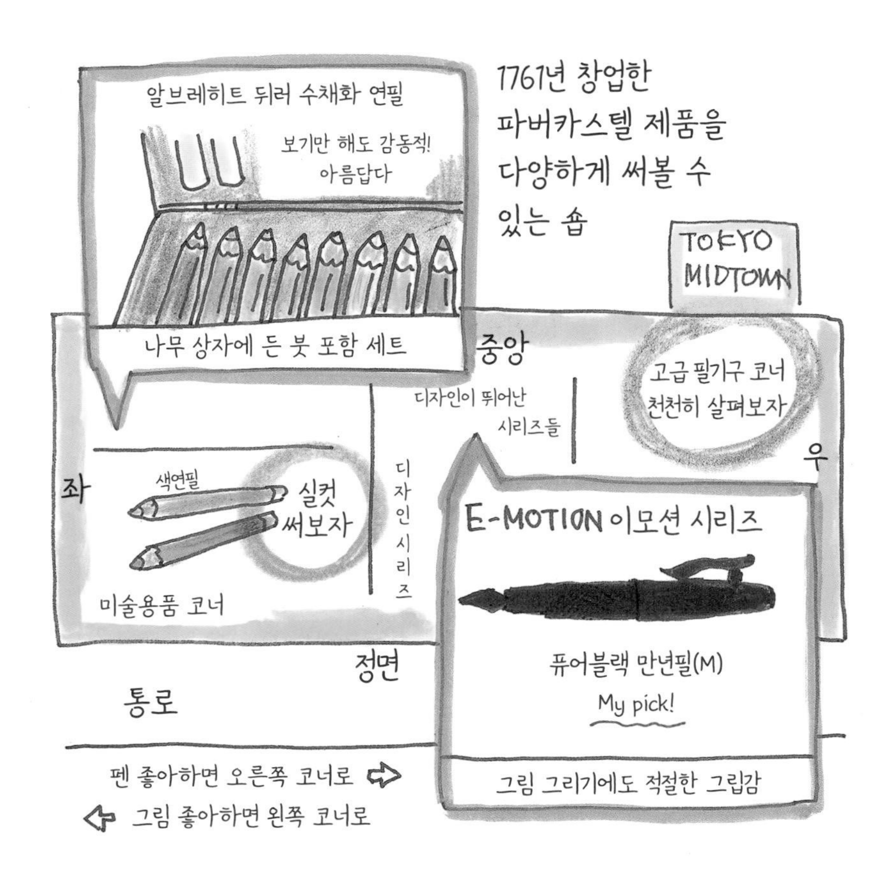

세계 최고最古·최대 연필 회사로, 전세계에서 사업을 펼치는 파버카스텔의 직영점. 가로로 긴 점포의 왼쪽은 미술용품 코너다. 내광성* 있는 120색 색연필, 아티스트용 펜이 죽 진열되어 있다. 오른쪽은 고급 만년필 코너로, 만년필 애호가들이 품평을 위해 자주 찾아온다고.

점포 중앙의 파버카스텔 디자인 시리즈 코너는 만년필에 막 흥미가 생긴 초심자에게 인기다.

*빛에 의한 열화 방지 기능

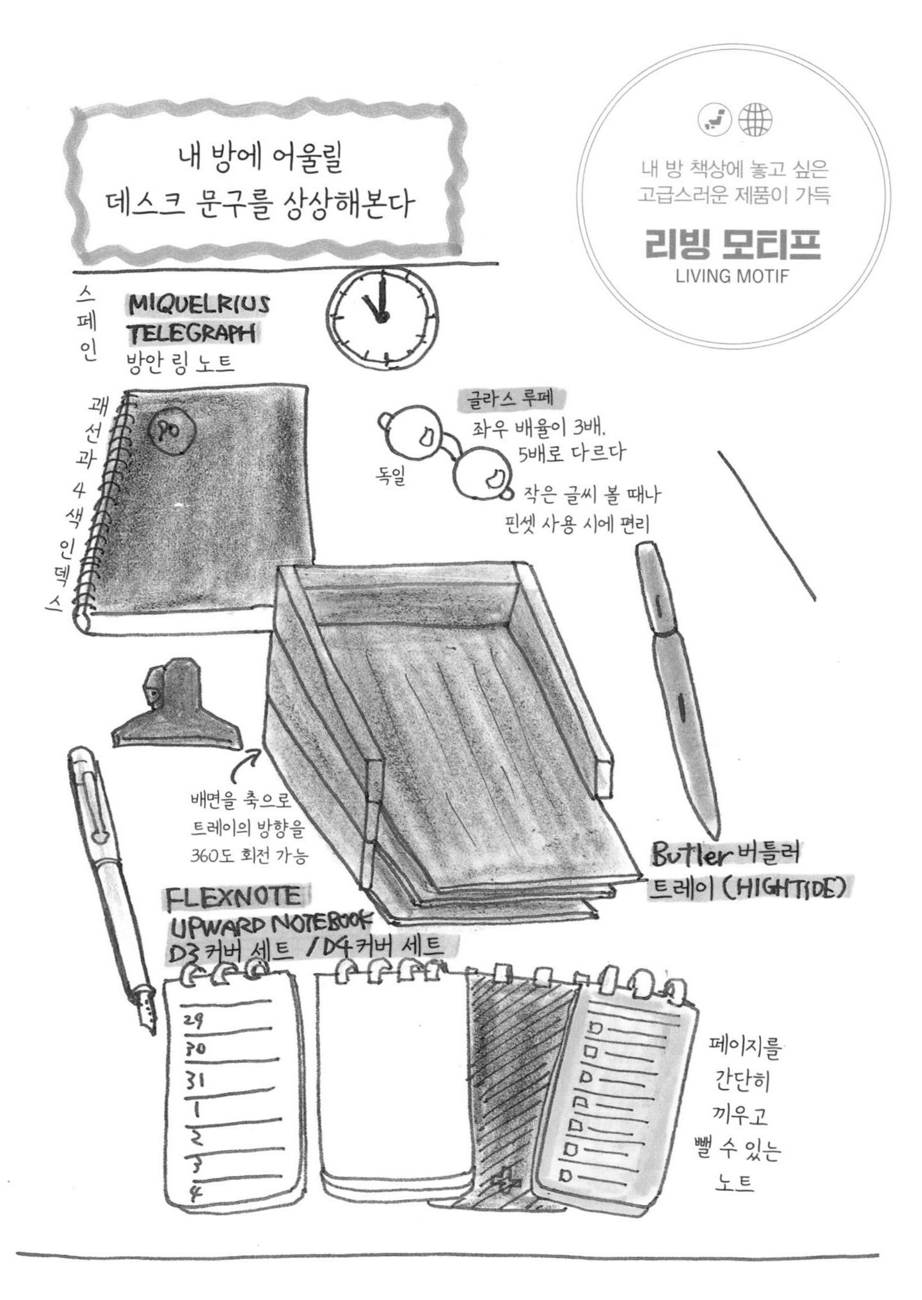

내 방에 어울릴
데스크 문구를 상상해본다
내 방 책상에 놓고 싶은
고급스러운 제품이 가득
리빙 모티프
LIVING MOTIF
스페인
MIQUELRIUS
TELEGRAPH
방안 링 노트
괘선과 4색 인덱스
글라스 루페
좌우 배율이 3배,
5배로 다르다
독일
작은 글씨 볼 때나
핀셋 사용 시에 편리
배면을 축으로
트레이의 방향을
360도 회전 가능
Butler 버틀러
트레이 (HIGHTIDE)
FLEXNOTE
UPWARD NOTEBOOK
D3 커버 세트 / D4 커버 세트
페이지를
간단히
끼우고
뺄 수 있는
노트

인테리어 잡화를 취급하는 리빙 모티프에는 생활에 고급스러운 분위기를 더해주는 굿즈가 풍부히 갖춰져 있다.

'인테리어 속 문구'를 제안하기 위해 센스 있는 제품들을 데스크에 진열해놓았다. 문구 카테고리별로 나눠둔 제품들을 종이, 나무 등 소재별로 재분류해두어 일할 공간에 둘 품질 좋은 제품을 쉽게 찾을 수 있다.

재택근무 등으로 집에도 사무 공간을 마련하는 사람이 증가했고, 회사들도 전보다 더 인테리어에 신경을 쓰면서 데스크 주변 문구에 대한 관심이 높아지고 있다고 한다.

해외 샘플 시장에서 구입한 센스 만점 문구로 채워진 인테리어를 꼭 체험해보기를 바란다.

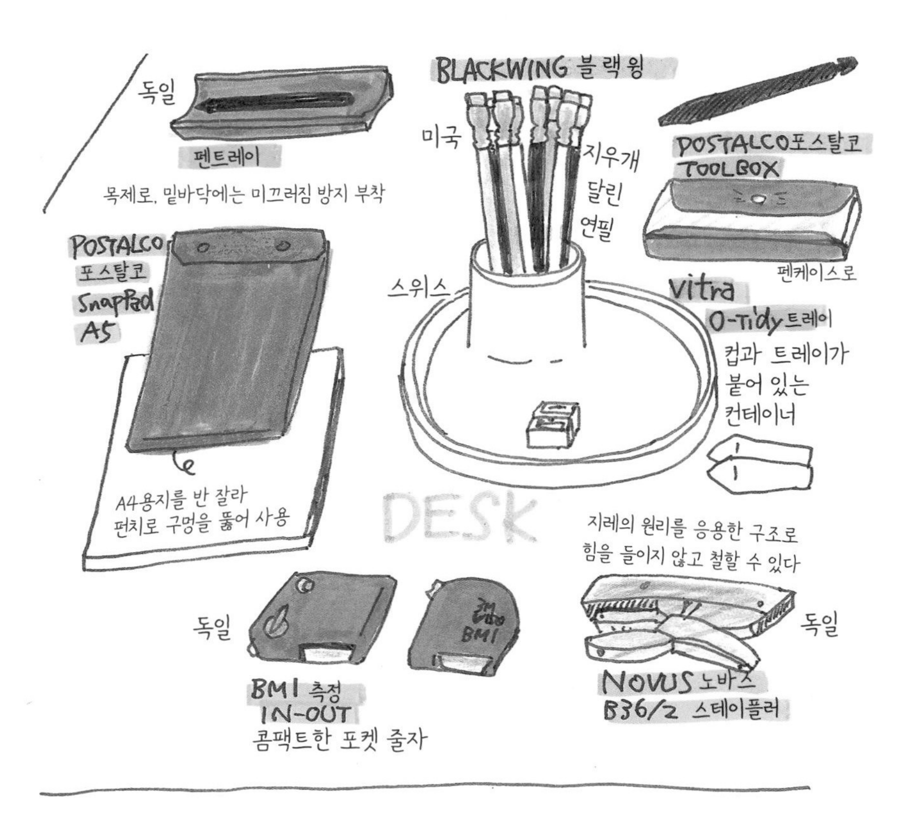

SHOP COMMENT 회사나 집에서 사용하는 문구 외에도, 머니 트레이, 스탠드식 펜, 자료나 카탈로그용으로 사용할 수 있는 A4 직물 파일 등 접객을 위해 필요한 점포용 비품도 갖추고 있습니다.

주문 제작으로 만든 카운터

유럽 빈티지, 데드스톡이 가득한 유럽 분위기 매장

유럽 여행 기분

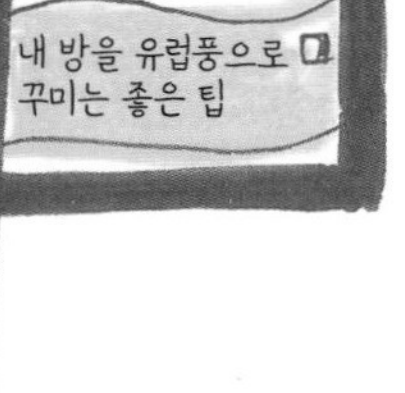

체코의 컬러풀한 연필

일본에서는 보기 드문 디자인

빈티지 문구를
천천히 감상할 수 있는 공간

식스
six

스테이셔너리 회사 델포닉스가 처음으로 오픈한 문구 및 잡화 가게. 2019년에 오픈 이십오 주년을 맞았다.

유럽 각국에서 구입해 온 빈티지나 데드스톡을 판매하는데, 디자인 좋은 제품을 엄선해 고객들이 유럽 문구를 한껏 즐길 기회를 제공한다. 특히 인테리어 문구, 스웨덴 잡화 구성이 좋다.

매장에 설치된 분위기 있는 집기는 대부분 주문 제작으로 신경 써 만든 것들. 빈티지에 흥미 있는 고객이 매장 제품을 천천히 들여다볼 수 있게 한 디스플레이가 매력이다. 물론 롤반 노트나 다이어리 등 자사 제품도 취급한다.

SHOP COMMENT 매장 앞에서 작은 플리 마켓을 개최, 부정기로 상품을 교체하고 있습니다. 다른 곳에서는 볼 수 없는 빈티지와 데드스톡 제품을 천천히 살펴보세요.

백 년, 이백 년 계속될
클래식을 제안

라운더바웃
Roundabout

요요기우에하라의 생활잡화점 라운더바웃에서는 롱셀러 제품, 아름다운 공업 제품 등 독자적인 시점으로 고른 물건을 만나볼 수 있다.

문구 셀렉션은 세 가지 지향점을 축으로 구성된다. 플리마켓에 늘어놓았을 때 팔릴 것인가. 백 년 뒤에 앤티크가 될 수 있는가. 어딘가 클래식한 분위기를 갖고 있는가.

포스탈코, 무쿠 등 존재감 있는 도구이자 세월에 따른 변화를 즐길 수 있는 제품이 많다. 평생 쓸 문구를 천천히 골라보아도 좋겠다.

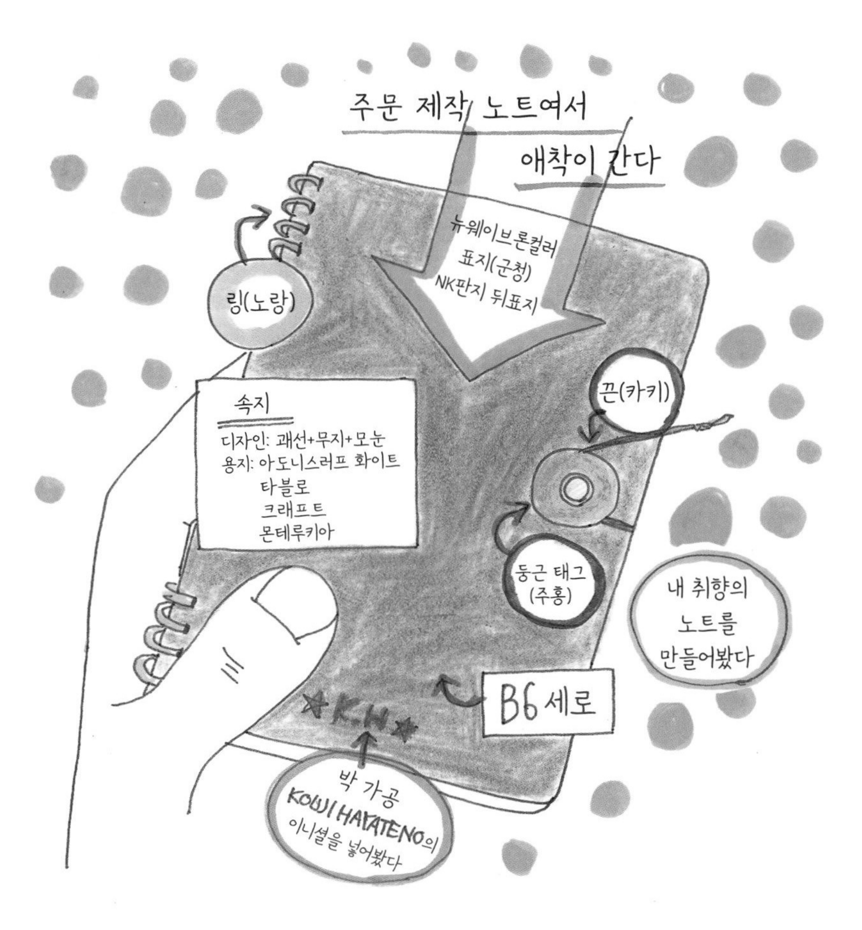

하이나인 노트는 패션 관계 인쇄물을 다루는 인쇄 회사가 운영한다. 주요 상품은 한 권부터 주문 제작 가능한 오리지널 노트다.

주문 내용을 기입하면서 사이즈·표지·속지·고정 도구 등을 취향에 맞게 골라나간다. 마지막에 점원이 노트를 조립해 완성. 인기 품목은 B6 사이즈의 링 노트로, 조합이 수만 가지나 된다. 속지를 교환할 수 있어 가죽 커버를 고른 단골손님들이 가게를 찾아와 사용 소감을 들려주는 일도 많다고 한다.

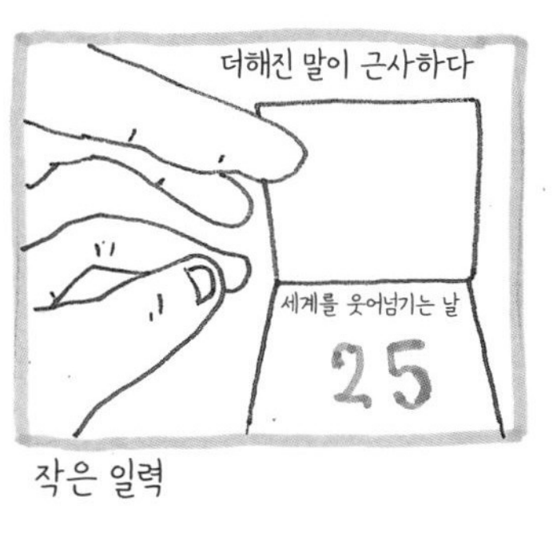

작은 일력

오리지널 문장 연필

자수 와펜 사랑앵무

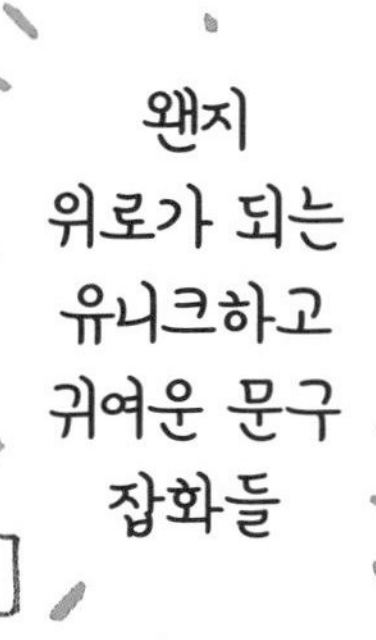

맛있어 보인다

식빵 지우개

옐로카드
포스트카드

언제 쓸까
누구한테 보낼까

교도 상점가에 있는 하루카제샤는 잡화점에서 일하던 점주가 자기 취향의 문구를 특화해 문을 연 곳. "상점가의 문구점이니만큼 누구나 쉽게 들어올 수 있으면 좋겠다"라는 점주의 말이 다정하다.

일력이나 연필 등 오리지널 문구, 빅BIC의 4색 볼펜 시리즈, 파피에 라보의 제품, 노리타케의 굿즈, 지류 잡화 등을 취급한다. 다양한 연령대의 손님과 점원의 대화가 오가는 밝은 분위기가 매력적이다.

JR히가시주조 역에서 내려 도보 오 분 거리에 있는, 산책 도중 발견한 문구점. 안쪽으로 깊숙한 매장에는 어린 학생들을 위한 문구부터 미술용품, 사무용 문구까지 다양한 제품이 갖춰져 있다. 한번 보면 잊을 수 없는 오리지널 캐릭터 굿즈도 귀엽다. 손으로 쓴 POP나 설명문 덕에 제품 정보를 알기 쉽다. 매장에 없는 문구는 주문도 받는다고.

대형 복사부터 각종 인쇄까지 비즈니스를 위한 서비스도 풍부하다. 우리 동네에도 있으면 좋을 것 같은, 동네 문구점의 표본 같은 곳이다.

롯폰기의 국립신미술관 내에 있는 곳. 노포 회사가 전통 공예품부터 젊은 작가의 작품까지 신구와 장르를 불문하고 유니크한 굿즈를 폭넓게 엄선해 소개한다.

잡화 브랜드 요나가도의 레트로/모던 잡화, 가미노 공작소의 종이 잡화 등 다른 곳에 없고 대량 생산되지 않는 진귀한 물건을 적극적으로 취급한다. 뮤지엄숍치고는 상품 수가 많은 편으로, 새로운 발견을 통해 아이디어를 떠올리기 좋은 곳이다.

포르마는 선물에 진심! 제품에 노란 리본을 둘러두었다

역 빌딩인 아토레 오이마치 내 문구점. 역에서 직결되는 편리함으로 오이마치 역을 이용하는 회사원은 물론, 도중에 내려 방문하는 고객도 많다. 지역 사람들에게서 "가까이 있어 다행이다" 하고 환영받는 장소가 되고자 한다고.

특별히 신경 쓰는 부분은 상품을 진열하는 간격. 손에 들고 고르기 쉽도록 정성껏 매장을 꾸민 것도 매력이다. 선물 상품에도 주력해 노란 리본을 포인트로 한 포장을 선보인다.

센 강 동쪽에 녹아든
파리 디자인을 만나다

파피에 티그르
PAPIER TIGRE

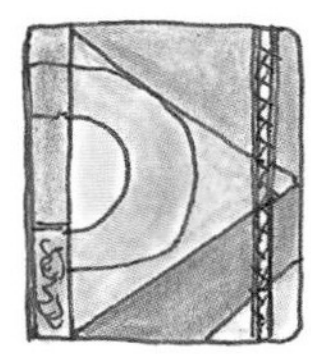

프랑스의 다이어리 회사
QUO VADIS와의
컬래버레이션 시리즈
TRIANGLE(A5노트)

PAPER COVER POTS
THE PALM-S
방수 가공된 종이.
식물 화분 커버로
데코레이션 가능

파피에 티그르의
로고마크는
귀여운 호랑이

프랑스 문구 브랜드 파피에 티그르에서는 그래픽과 종이를 조합한 다양한 제품을 선보인다.

파리 직영점은 센 강의 동쪽에 있다. 니혼바시 하마초는 '도쿄의 이스트사이드'라고도 불려 일본 1호점 출점지가 됐다고.

1961년 건축된 빌딩을 리노베이션한 점포에는 큰 유리창이 있어 밖에서도 매장을 들여다볼 수 있다. 오픈 뒤 곧 지역에 녹아들어 지금은 점심시간에 직장인이, 가족 단위 손님이 편하게 들르고 있다고.

독창적인 디자인의 노트나 편지용품, 파우치에 더해 프랑스 다이어리 브랜드 쿠오바디스나 일본의 안경 브랜드 진즈와 컬래버레이션 제품도 만들고 있다.

SHOP COMMENT 도쿄점 공간에서 느낄 수 있는, 파피에 티그르만의 감성 넘치는 제품을 꼭 매장에 와서 만져보고 즐겨주셨으면 좋겠습니다.

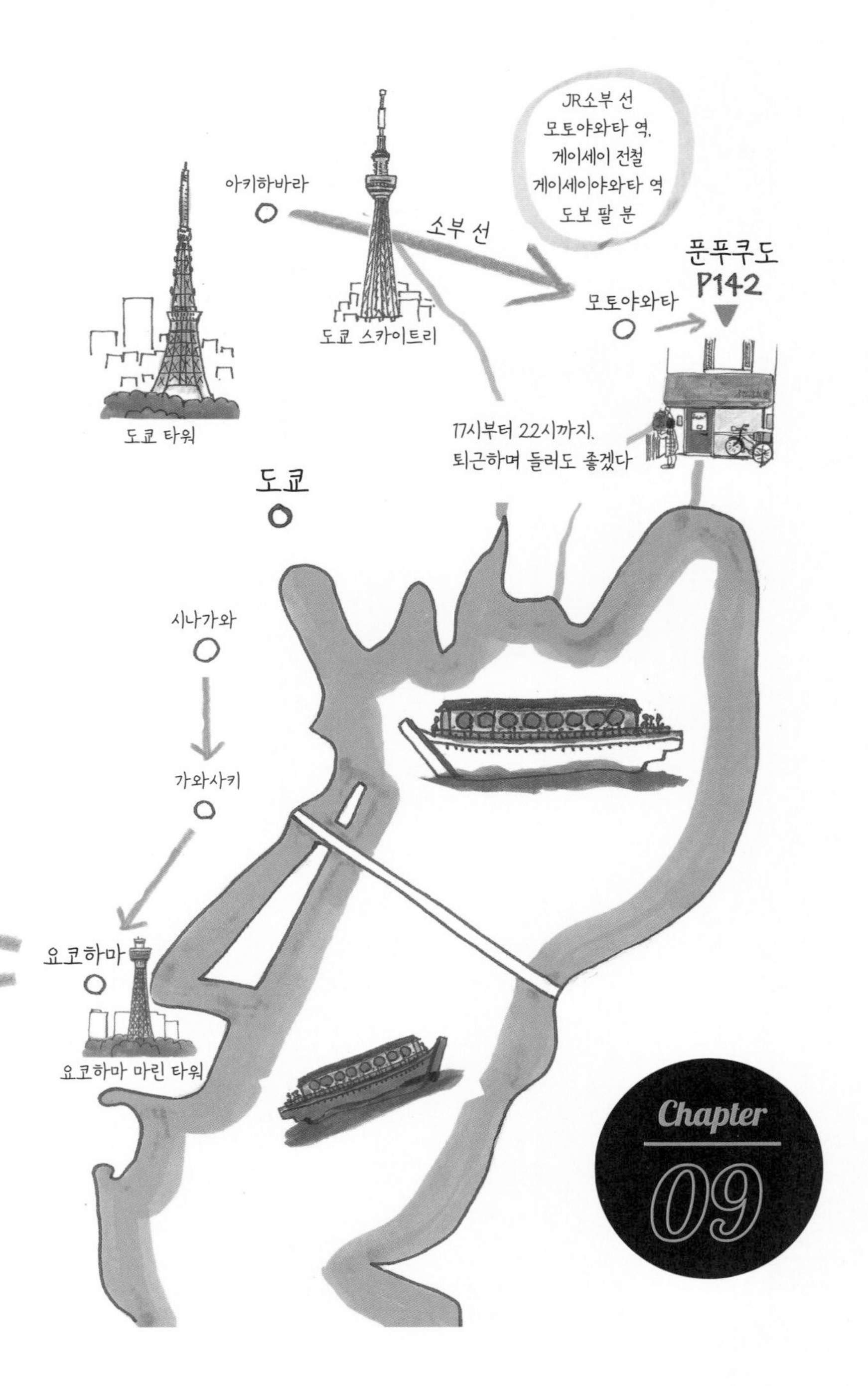
JR소부 선
모토야와타 역,
게이세이 전철
게이세이야와타 역
도보 팔 분
아키하바라
소부 선
분푸쿠도
P142
모토야와타
도쿄 스카이트리
도쿄 타워
17시부터 22시까지.
퇴근하며 들러도 좋겠다
도쿄
시나가와
가와사키
요코하마
요코하마 마린 타워
Chapter
09

도심에서 전철로 한 시간 정도 거리에 곧잘 들르는 문구 스폿이 몇 곳 있어 소개하고 싶다.

먼저 도쿄 외곽 지역. 도쿄 도 이나기 시의 와카바다이 역 근처에 있는 '코치앤포 와카바다이점'은 서적과 문구 등을 취급하고 카페도 운영하는 복합 매장이다. 넓은 매장이 국내외 상품으로 채워져 몇 시간 있어도 지루하지 않다.

다음은 가나가와 현의 고호쿠 지역. 거주 인구가 늘고 있는 이 지역 문구 수요에 '잉크 고호쿠 도큐쇼핑센터점ink 고호쿠 TOKYU S.C.점'이 부응하고 있다. 인기 관광지 가마쿠라에서는 '고토리'와 '쓰즈루TUZURU'를 꼭 들러보시길.

마지막으로 지바 현. 이치카와 시 야와타의 '푼푸쿠도'는 오후 5시에 여는 유니크한 문구점으로, 아이디어 넘치는 아이템이 가득하다.

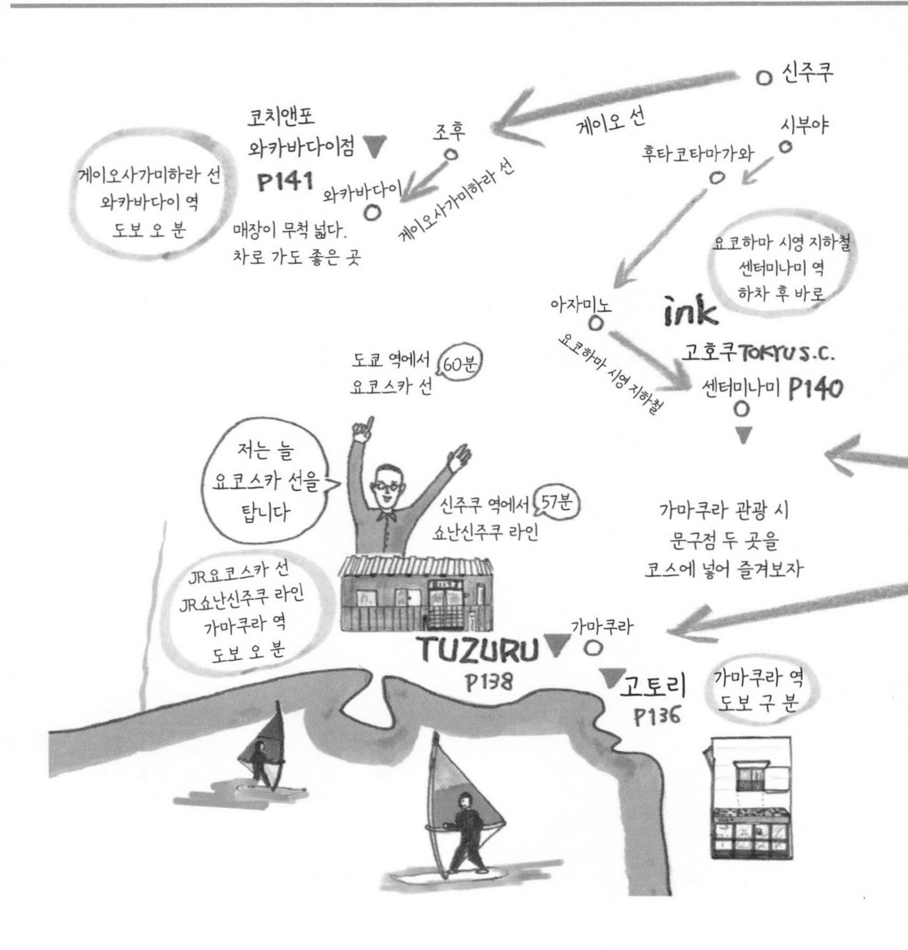

가마쿠라 역 → 와카미야오지에서 우회전 → 시모우마 교차로에서 좌회전 → 오마치

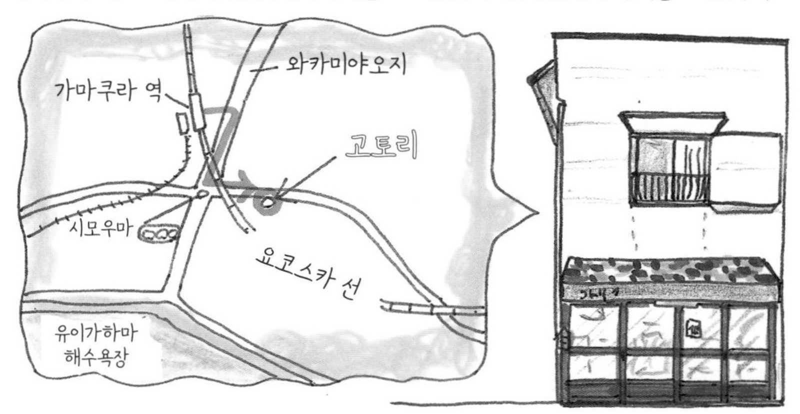

'고토리 = 행복의 파랑새'라는 이미지로, 가마쿠라 산책을 행복하게 해주는 곳이다.

'가마쿠라 상점가에 문구점이 있다면 재밌겠다'라는 점주의 생각을 중심으로 여덟 명이 모였다. 그림 작가와 카메라맨, 건축가, 전직 바이어, 종이 덕후, SNS 전문가 등의 멤버가 각자의 강점을 살려 공동 운영한다. 설레는 분위기를 만드는 데 주력, 지역 상점가를 활성화하는 데도 공헌하고 있다.

소인 시리즈, 고토리 박스, 고토리 가차(동전 뽑기 장난감) 등 제품의 30퍼센트 정도가 오리지널 굿즈다. '고토리의 둥지 상자'라는 이름의 미니 갤러리에서는 매달 작가를 소개한다. 지금까지 스무 명이 전시를 했고 인기 작가도 탄생했다.

SHOP COMMENT 옛날 그대로인 것부터 새로운 것까지. 기분이 즐거워지는 문구 및 잡화를 마련해두었습니다. 오리지널 우표와 가마쿠라의 명물인 대불大佛이 그려진 엽서도 추천합니다.

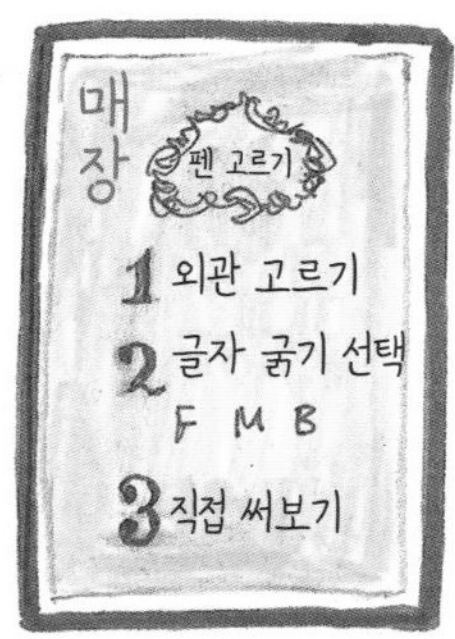

펜 고르기

처음 만년필을 사는 사람도 알기 쉽게 설명해주신다

"세계 각지를 여행하는 중에 누군가에게 편지를 보내고 싶은 기분이 움텄습니다." 그런 생각을 한 점주가 고향인 가마쿠라에 편지를 테마로 한 문구점을 열었다. 가마쿠라에 관광 온 손님들에게 편지 쓰는 즐거움을 전하고 싶다고 한다.

매장은 독특한 분위기다. 남미 여행 때 만난 '화려하지만 왠지 모르게 차분해지는 가게'나 영국에서 본 '외관은 클래식·내부는 팝한 가게'에서 영향을 받아 컬러풀하게 꾸려져 있다.

진열장에는 만년필 등 필기구와 종이 문구가 풍부하게 갖춰져 있고, 안쪽의 카운터석에서 편지를 쓸 수도 있다. 가마쿠라를 모티프로 한 오리지널 토트백, 엽서, 키홀더 등도 판매한다. 여행 기념품을 사기 좋은 곳이다.

SHOP COMMENT 두 신사(제니아라이벤자이텐銭洗弁財天, 사스케이나리佐助稲荷)가 가게에서 도보 이십 분 거리에 있습니다. 주변에 나무·작은 강·터널·일본식 디저트집 등 괜찮은 사진 스폿이 많아 가마쿠라 산책을 즐기기 좋습니다.

시즈오카의 문구점이 쇼핑센터에 출점했다. '상품 제공은 정보 제공'이라는 경영 방침으로, 양적으로도 주력하는 부분이 대단하다.

요코하마 시 쓰즈키 구는 인구가 증가해 매년 초학용품 수요가 높다. 도화지, 원고지, 학용품, 코픽 마커가 많이 팔린다고. 학생이나 젊은 직장인들은 공부용으로 노트 세트를 구입하거나, 샤프펜슬 판매대에서 제도용품을 사 간다. 어린이 코너 앞 어린이들도 즐거워 보인다.

뉴패밀리층을
풍부한 문구로 응원한다

잉크 고호쿠
도큐쇼핑센터점

ink 港北 TOKYU S.C.店

우선 매장이 정말 넓다. 서적과 문구, 음악·영상, 카페로 구성된 대형 매장에 20만 개 아이템을 마련, 문구 종합 백화점을 목표로 삼고 있는 곳이다.

문구 파트는 고객의 관심사에 따라 크게 두 개 카테고리로 구분. 각 카테고리 내에서 브랜드나 테마별로 다시 코너가 마련되어 있다. 넓은 매장 안에서 알기 쉽게 진열된 문구를 신나게 구경하다 보면 어느 틈엔가 훌쩍 시간이 흘러 있을 것이다.

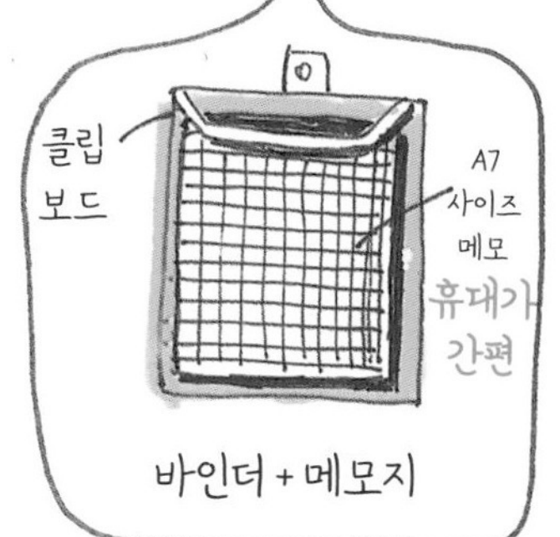

오리지널 상품 미닛파치

'이탓파치板っぱち (나뭇조각)'에서
상품명을 따왔다

지바 현 이치카와 시에 있는 문구점 픈푸쿠도는 점포를 갖는 게 오랜 꿈이었다는 부부가 운영한다.

팔 년 동안 조금씩 모은 쇼와 시대 연필부터 판매를 시작했다. 사용 방법은 고객이 결정한다는 생각으로 신제품 아이디어를 고심한다고 한다. 일본 문구 대상을 수상한 오리지널 문구 '당신의 소품 상자'는 소품 상자 붐에 불을 지피며 인기를 모았다.

2018년에는 나도 애용하고 있는 가볍고 작은 바인더 메모 '미닛파치'를 발매했다. 스마트폰 조작중에도 메모를 하고 싶다는 점주의 바람에서 태어난 아이템이다. 내구성 오십 년짜리 소재를 이용하고, 선 채로도 들기 쉽다. 고정용 고무 밴드로 메모를 수평으로 유지할 수 있는 점이 편리하다.

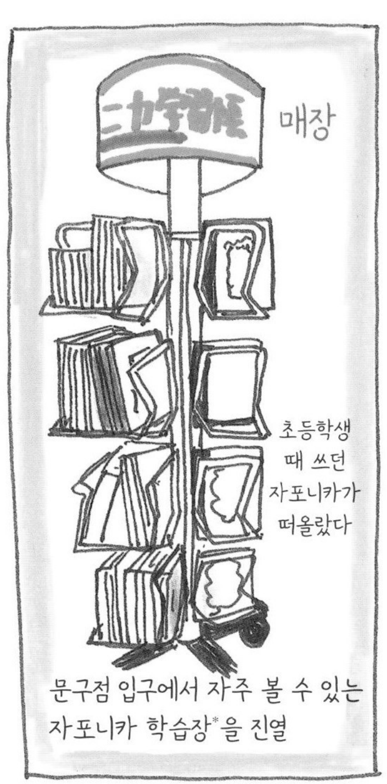

*쇼와 시대 초등학생들의 대표적 노트

SHOP COMMENT 픈푸쿠도에 오시면 꼭 서랍을 열어보세요. 사랑스러운 문구들이 안에서 기다리고 있습니다. 새 문구 친구를 만날 수 있을지도요.

Chapter 10

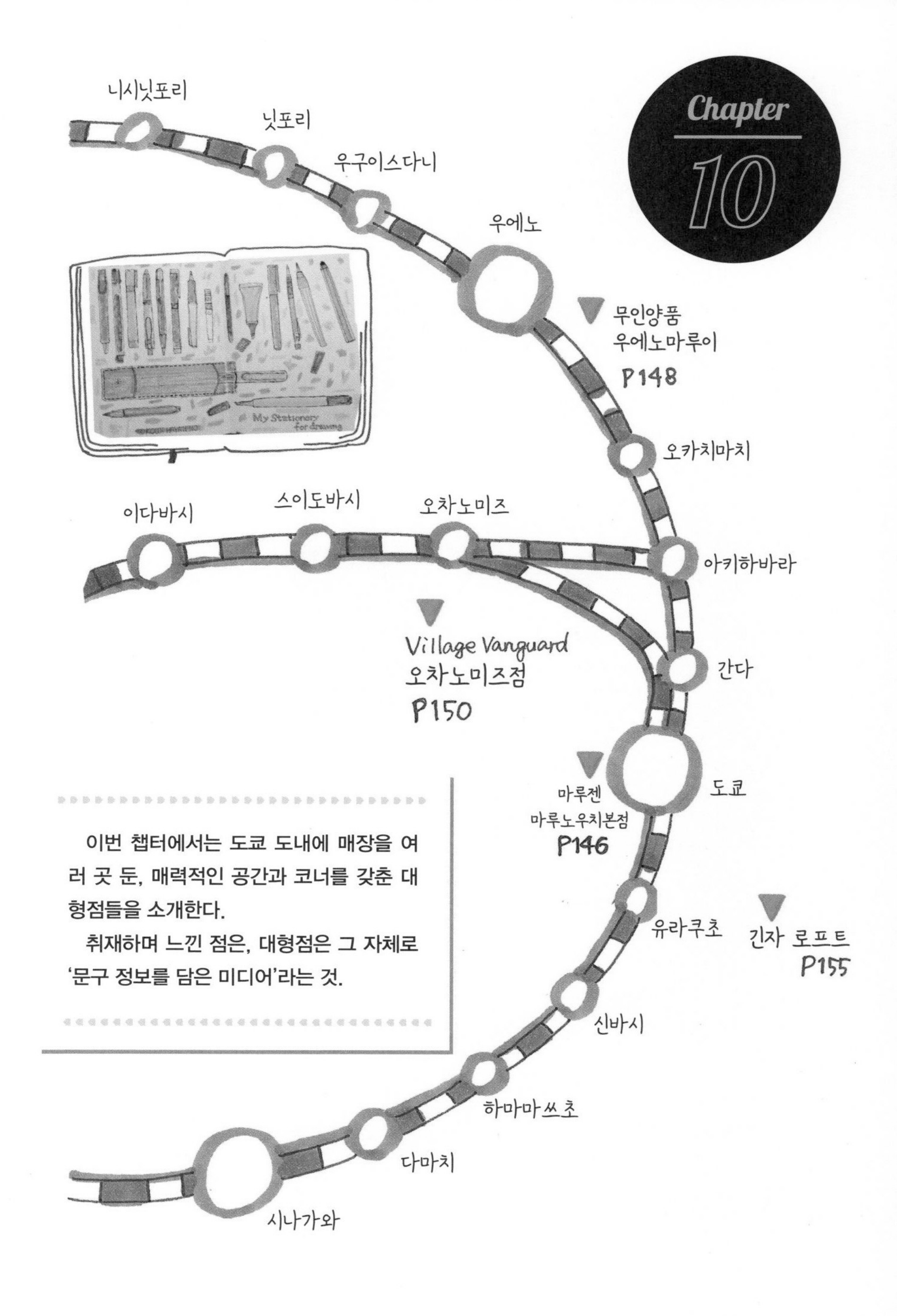

이번 챕터에서는 도쿄 도내에 매장을 여러 곳 둔, 매력적인 공간과 코너를 갖춘 대형점들을 소개한다.

취재하며 느낀 점은, 대형점은 그 자체로 '문구 정보를 담은 미디어'라는 것.

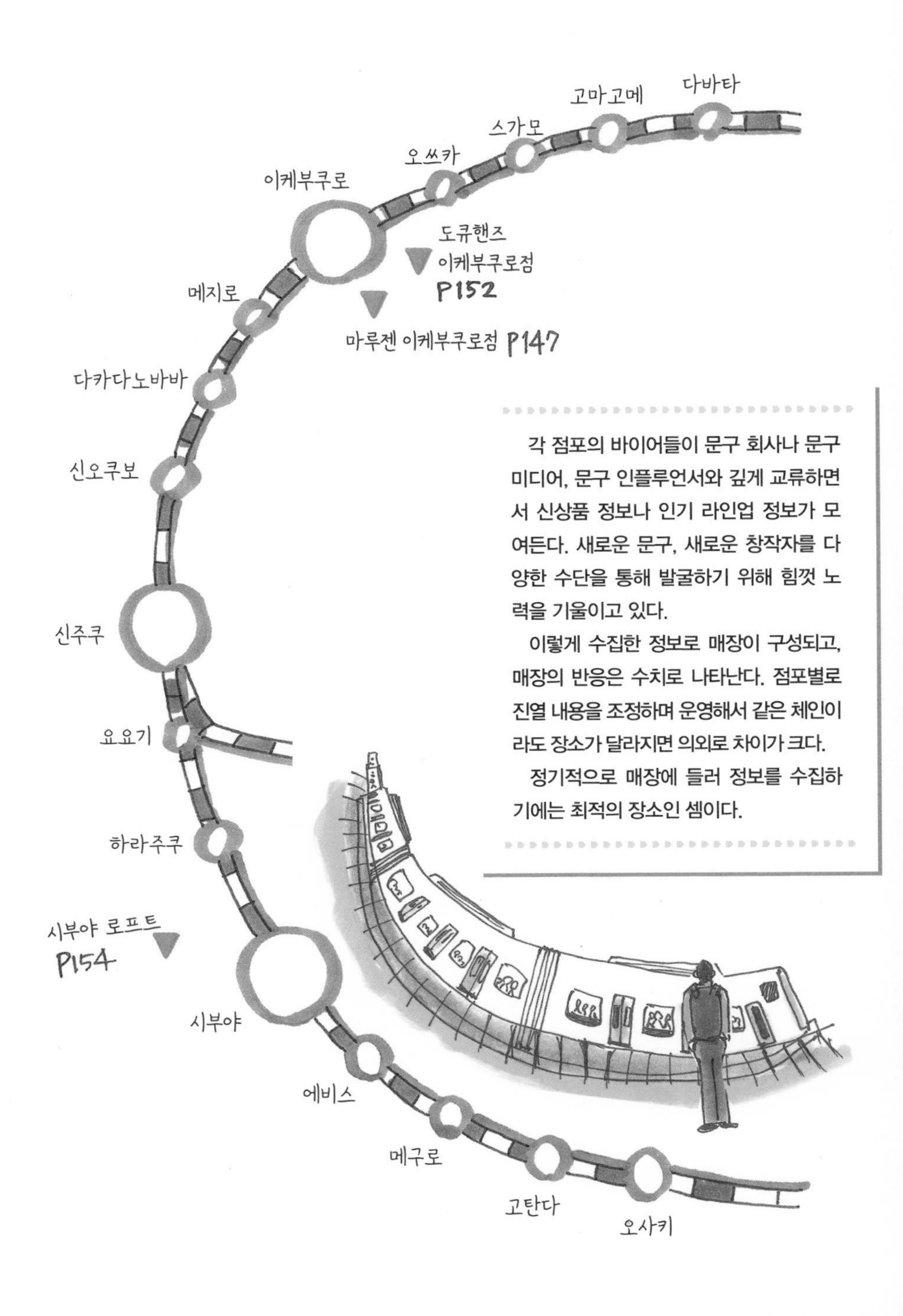

각 점포의 바이어들이 문구 회사나 문구 미디어, 문구 인플루언서와 깊게 교류하면서 신상품 정보나 인기 라인업 정보가 모여든다. 새로운 문구, 새로운 창작자를 다양한 수단을 통해 발굴하기 위해 힘껏 노력을 기울이고 있다.

이렇게 수집한 정보로 매장이 구성되고, 매장의 반응은 수치로 나타난다. 점포별로 진열 내용을 조정하며 운영해서 같은 체인이라도 장소가 달라지면 의외로 차이가 크다.

정기적으로 매장에 들러 정보를 수집하기에는 최적의 장소인 셈이다.

마루젠 마루노우치본점 丸善 丸の内本店

도쿄 역 바로 근처의 마루젠 마루노우치본점. 이곳에서는 도쿄 역을 면한 창가에서부터 안쪽 갤러리까지의 통로를 '뮤지엄 존'이라고 부른다. 통로를 따라 고급 만년필과 수첩이 예술 작품처럼 진열되어 있기 때문이다.

진열장 내 상품은 매월 교체되어 질리지 않는다. 최근에는 출판사와 컬래버레이션한 기획도 늘어 서적 관련 문구도 판매한다. 회사원부터 관광객까지, 넓은 고객층이 문구를 구하러 방문하는 곳이다.

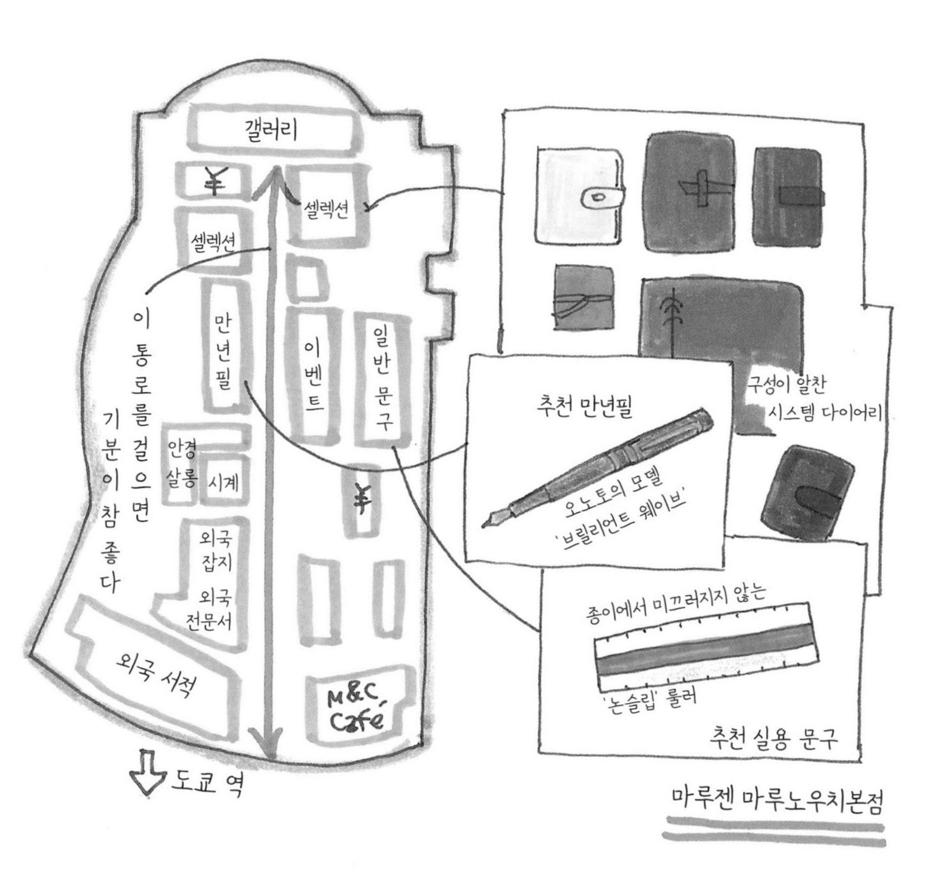

2017년 오픈한 마루젠 이케부쿠로점. 우선 1층 카페에서 문구 토크를 꽃피운 뒤, 2층 고급 문구 공간에 올라가 정성껏 진열된 문구와 마루젠 오리지널 굿즈를 체크해보자.

다음으로 엘리베이터로 지하의 실용 문구 공간으로 이동, 밝고 여유로운 통로를 다니며 문구를 찾는다. 언뜻 시계를 보면 어느덧 몇 시간이 흘러 있을 것이다.

마루젠 이케부쿠로점 아래에서 위로, 위에서 아래로, 참으로 즐거운 문구 공간

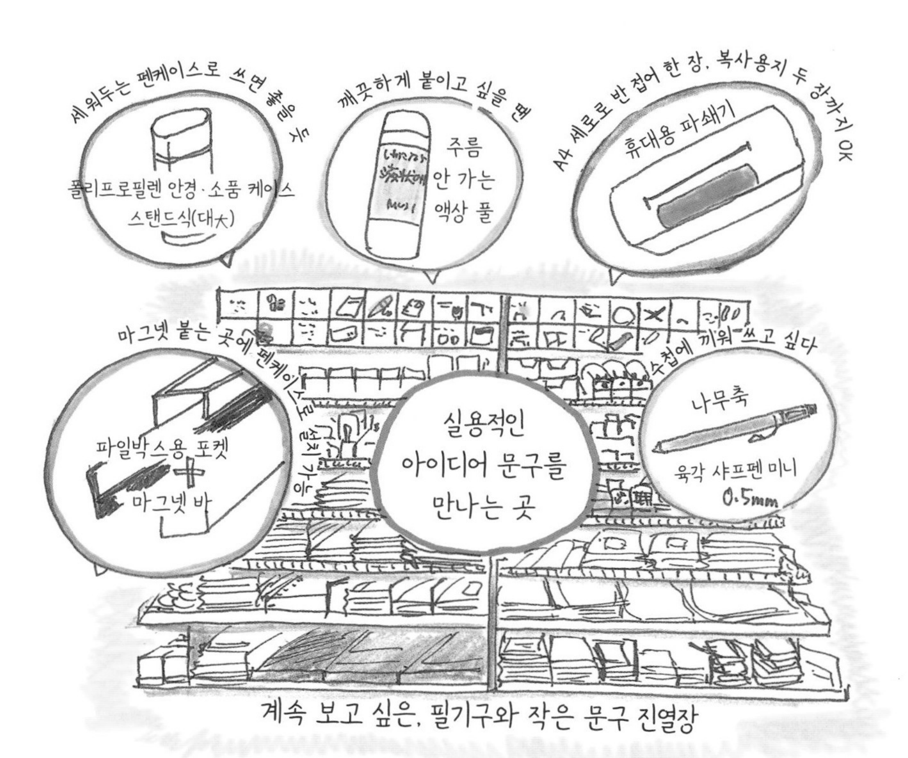
세워두는 펜케이스로 쓰면 좋을 듯
폴리프로필렌 안경·소품 케이스
스탠드식(대大)
깨끗하게 붙이고 싶을 땐
주름
안 가는
액상 풀
A4 세로로 반 접어 한 장, 복사용지 두 장까지 OK
휴대용 파쇄기
마그넷 붙는 곳에 펜케이스로 설치 가능
파일박스용 포켓
+
마그넷 바
실용적인
아이디어 문구를
만나는 곳
수첩에 끼워 쓰고 싶다
나무축
육각 샤프펜 미니
0.5mm
계속 보고 싶은, 필기구와 작은 문구 진열장

취향대로 꾸미는 곳
구입한 상품에 자유롭게 스탬프 찍기
스탬프 서비스

관련성과 식별력에 주력
문구 수납의 표본
무인양품
우에노마루이
無印良品 上野マルイ

JR우에노 역 앞 우에노마루이 지하 2층, 널찍한 무인양품 매장. 모든 연령대의 고객이 상품을 쉽게 찾을 수 있도록 고민해 꾸려졌다.

사무용품 진열장에는 펜 바로 아래 노트, 그 아래 클리어 파일을 배치했다. 주변에는 휴대용 소형 문구를 진열해 관련성을 높였다. 수납박스 등은 멀리서도 진열된 것이 보이도록 벽면에 배치, 유모차를 밀며 한 손으로도 상품을 집을 수 있게 했다.

파일박스나 소품 수납용품은 소재별로 놓아두고, 상품과 함께 편리한 사용법도 제안해두었다. 집에 돌아다니는 문구를 수납하는 데 힌트가 되니 꼭 참고해보시기를.

SHOP COMMENT 오리지널 디자인의 볼펜 본체(두 종류, 3색)와 심을 조합해 자기 취향의 볼펜을 만들 수 있는 시리즈가 인기입니다. 매장에서 꼭 만들어보세요.

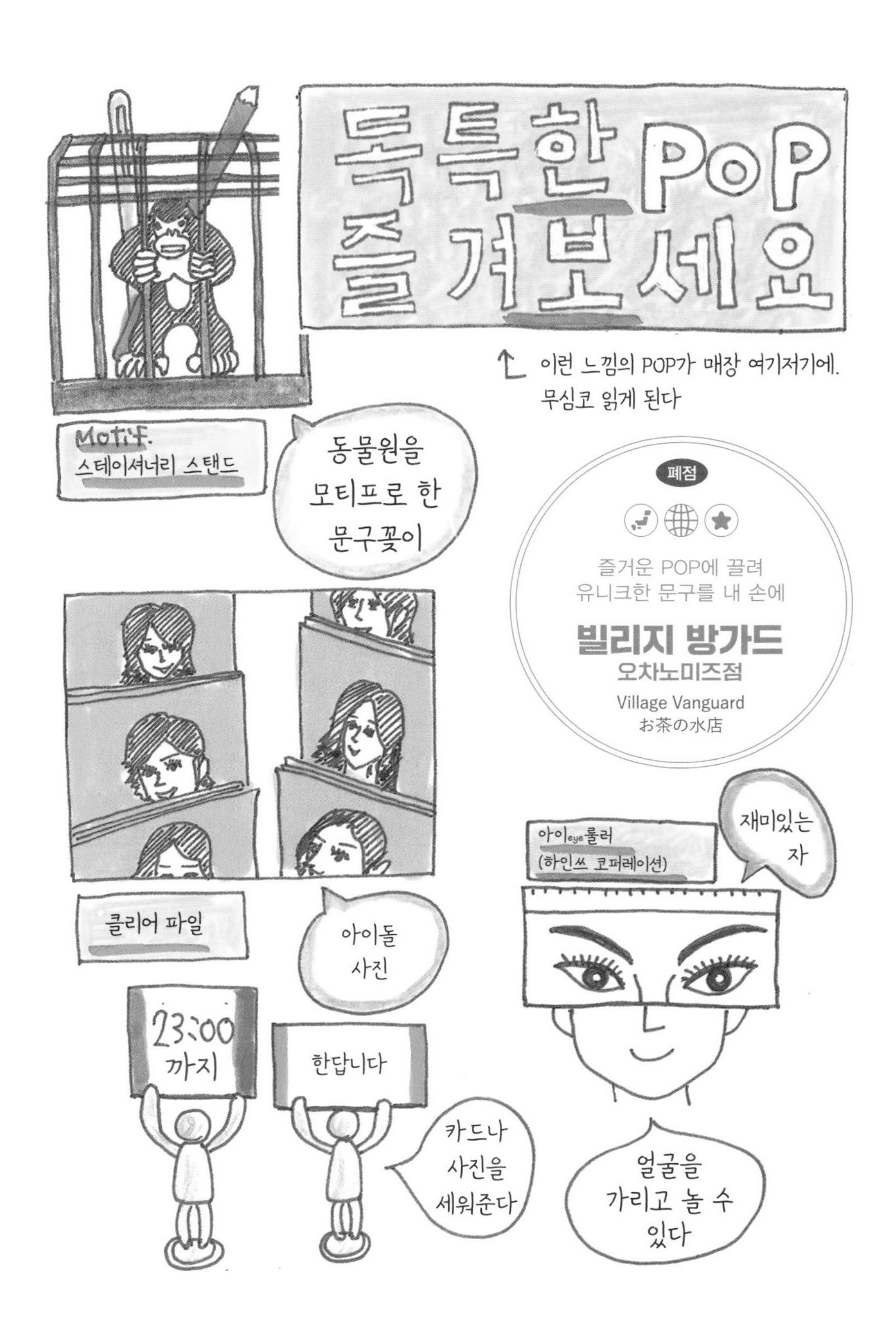
독특한 POP
즐겨보세요
이런 느낌의 POP가 매장 여기저기에. 무심코 읽게 된다
Motif.
스테이셔너리 스탠드
동물원을 모티프로 한 문구꽂이
폐점
즐거운 POP에 끌려
유니크한 문구를 내 손에
빌리지 방가드
오차노미즈점
Village Vanguard
お茶の水店
아이eye룰러
(하인쓰 코퍼레이션)
재미있는 자
클리어 파일
아이돌 사진
23:00 까지
한답니다
카드나 사진을 세워준다
얼굴을 가리고 놀 수 있다

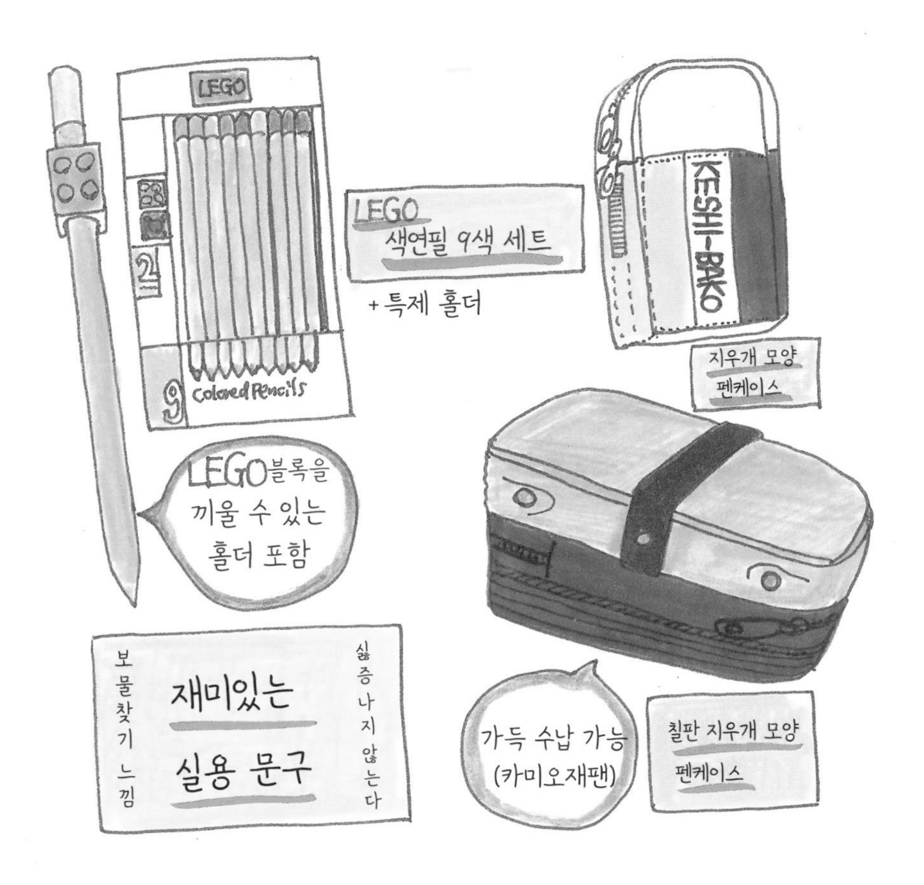

대학과 서점이 있는 문화의 거리, 진보초. 그곳의 빌리지 방가드 오차노미즈점은 23시까지 열려 있다. 밤늦게까지 문구 욕심을 채워줄 귀중한 장소다.

'놀 수 있는 서점'을 콘셉트로 개성 가득한 잡화와 화제의 책을 진열해두었다. 문구는 재미있게, 제대로 쓸 수 있는가를 기준으로 선별한다고. 다른 가게에서는 볼 수 없는 재치 있는 문구가 많다.

문구는 테마별로 진열되어 여기저기 흩어져 있다. 잡화의 숲 같은 매장을 보물찾기하듯 산책해보시기를. 수첩, 노트, 유니크한 문구, 아이돌을 모티프로 한 아이템 등 흔치 않은 물건을 발견할 수 있을 것이다.

SHOP COMMENT '문화 전파'를 테마로, 오리지널 굿즈, 서적 및 만화, CD, 잡화 등을 빌리지 방가드만의 안목으로 다종다양하게 펼쳐놓았습니다!

콘서트에서 사용한
응원 부채를 소중히 보관
폐점
애니메이션 팬이라면
반할 문구가 가득
도큐핸즈
이케부쿠로점
東急ハンズ池袋店
스틸 배지
키홀더
(타워레코드)
가로세로로
연장 가능
부채 커버
(타워레코드)
폴라로이드 키홀더
마음에 드는 사진 수납
(타워레코드)
마그넷식
은테이프란?
라이브명,
아티스트명 등이
적혀 있다
라이브 연출 시
사용되는 테이프
은테이프 컬렉션 BOX(타워레코드)
라이브 콘서트에서 모은 은테이프를 정리

대학 시절, 이케부쿠로에서 살면서 도큐핸즈를 찾게 됐다. 하루에도 몇 번이나 오간 기억이 난다. 문구 애호가로서의 밑바탕은 이 시절에 완성되었을 것이다.

매장은 알기 쉽게 정리되어 있다. 신상품과 문구를 고객 시선에 맞춰 진열하고, 전체 컬러 조화에도 신경 쓴다. 언제 방문해도 즐길 수 있는 공간이다.

만화와 애니메이션의 성지이기도 한 이케부쿠로. 그런 장소에 있는 만큼 학생들도 많이 오는데, 그 고객층을 대상으로 한 코너가 매번 놀랍다. 좋아하는 아이돌의 굿즈로 꾸밀 수 있는 투명 펜케이스, 스틸 배지 전용 수납 파일 등 아이템이 가득하다.

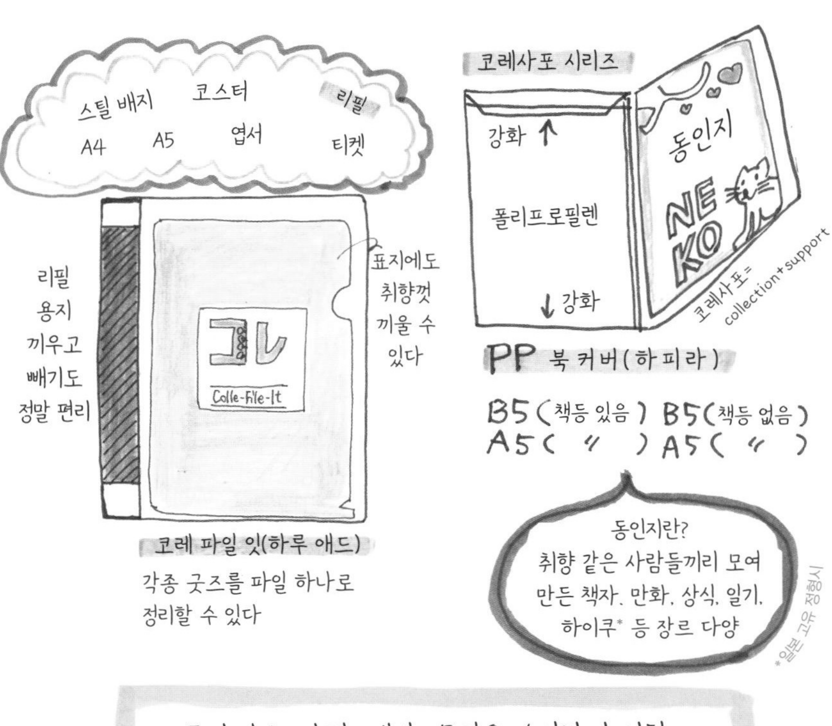

좋아하는 사람, 대상, 물건을 수집하기 위한
각종 아이템이 모여 있다

SHOP COMMENT 이케부쿠로점의 매력인 아이돌 굿즈 코너에는 다른 점포에 없는 상품이 다수!
일부 필기구는 무료 각인 서비스를 상시 제공합니다. 선물, 기념품 등에 꼭 이용해보세요.

시부야 로프트 渋谷ロフト

시부야 로프트는 2만 점이 훌쩍 넘는 문구를 갖추고 있다. 먼저 입구 근처의 특집 코너를 체크해보자. 특정 브랜드에 특화된 전시를 즐길 수 있다.

이 주마다 교체되는 통로 쪽 코너에는 희귀한 문구나 일본에 처음 들어온 브랜드 등 새로운 아이템이 기다리고 있다. 정보를 대량 입수할 수 있는 로프트는 매장인 동시에 일종의 미디어다.

'문구여자박람회' 등을 통해 직접 고객 의견을 듣기도 한다. 앞으로의 이벤트 기획도 기대되는 곳이다.

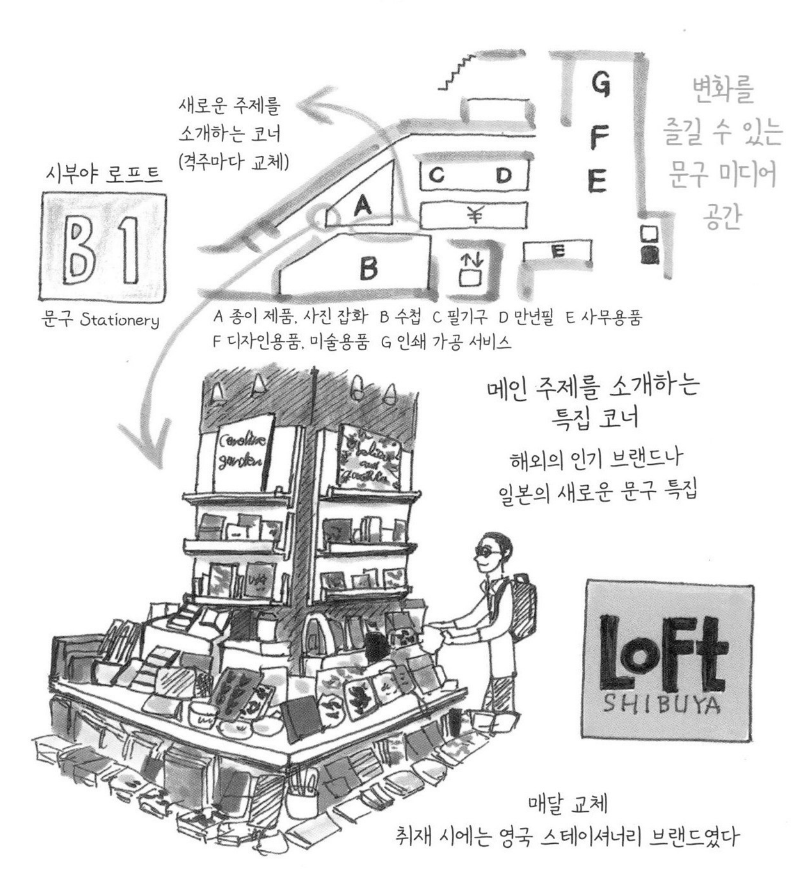

소문구 고문구

작은 문구와 오래된 문구 코너

예전에 유라쿠초에 있던 로프트가 긴자로 이동. 퇴근길 직장인을 중심으로 늦은 시간대에 찾아오는 고객이 늘고 있다고 한다.

2019년 4월 말에는 1층과 2층 공간을 확장 리뉴얼 오픈. 5층의 문구 파트도 더욱 폭넓은 라인업으로 채워두었다.

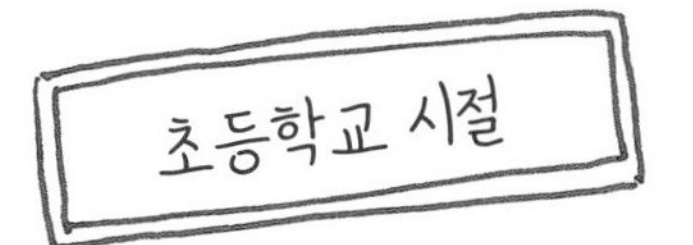

가족이 쓰던 문구

우리 집은 가게를 운영했는데,
가게 책상 위 문구를 만지며 놀던 것이
나의 첫 문구 체험이다.
할아버지가 일을 마치고 책상에 앉아 있는
뒷모습이 뭔가 멋지다고 생각했다

내가 쓴 문구

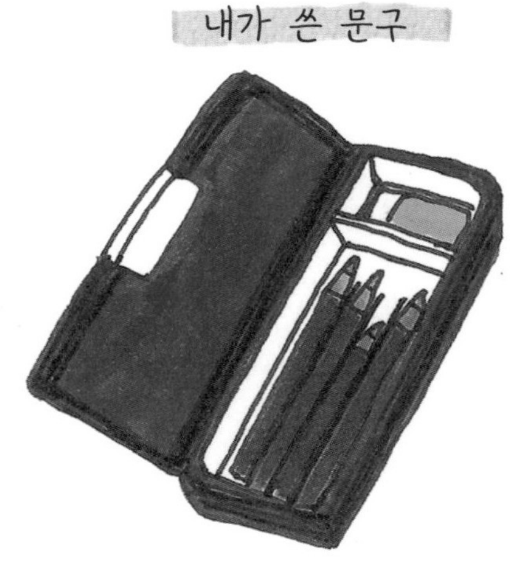

공부하는 게 일이었으니
필통은 책가방 속 중요 아이템이었다.
초등학생이 된 내 손바닥보다 큰 문구라
신기한 마음에 여닫기를 반복한 기억이 있다
이것 말고도 이런저런 필통이 있었다

첫 문구점

다니던 초등학교 정문과 동문에
문구점이 있었다.
문구를 직접 사러 간다는 게
그때는 무척 두근두근했다

(← 가게 이름은 가명입니다)

그리고 오늘도 문구점에 갑니다

영업 월-토·공휴일/10:00-22:00, 일·연휴 중 마지막 날/-21:00
휴무 무휴
주소 Chiyoda-ku Marunouchi 1-9-1 JR Tokyo Station B1F
전화 03-6268-0938

트래블러스 팩토리 스테이션
TRAVELER'S FACTORY STATION
영업 10:00-21:00
휴무 무휴
주소 Chiyoda-ku Marunouchi 1-9-1 JR Tokyo Station B1F
전화 03-6256-0486

노이슈타트 브루더 오테마치점 ◦폐점
Neustadt brüder 大手町店

Chapter 3

세카이도 신주쿠본점 世界堂 新宿本店
영업 09:30-20:00
휴무 무휴(연시 제외)
주소 Shinjuku-ku Shinjuku 3-1-1
전화 03-5379-1111

툴스 신주쿠점 Tools 新宿店 ◦폐점
※ 타 지점 정보는 홈페이지 참고
https://www.tools-shop.jp/shop

스미스 루미네 신주쿠1 Smith ルミネ新宿1
영업 11:00-21:00
휴무 무휴
주소 Shinjuku-ku Nishi-Shinjuku 1-1-5 Lumine Shinjuku LUMINE 1 6F
전화 03-6302-0950

에디토365 신주쿠 미로도점 ◦폐점
ÉDITO365 新宿ミロード店
※ 타 지점 정보는 홈페이지 참고
https://www.marks.jp/shop/edito-365

에이트볼 エイトボール ◦폐점

라이트 앤드 드로. WRITE&DRAW.
영업 13:00-19:00
휴무 월요일(부정기 휴무 있음)
주소 Shibuya-ku Yoyogi 3-29-5
전화 03-4400-9184

Chapter 4

분포도 간다점 文房堂 神田店
영업 10:00-18:30
휴무 무휴(연말연시 제외)
주소 Chiyoda-ku Kanda Jinbocho 1-21-1
전화 03-3291-3441

프라이마트 PRIMART ◦이전
영업 10:00-18:00
휴무 토·일·공휴일·연말연시·하계휴가
주소 Chiyoda-ku Kanda Jinbocho 2-3-1 Iwanami Shoten Annex 4F
전화 03-6272-6635

비스킷 Biscuit
영업 11:00-18:00
휴무 무휴
주소 Taito-ku Yanaka 2-9-14
전화 03-3823-5850

고트 GOAT
영업 금/13:00-18:00, 토·일·공휴일/12:00-
휴무 월-목·연말연시(부정기 휴무 있음)
주소 Bunkyo-ku Sendagi 2-39-5 102
전화 비공개

유루리쿠 yuruliku
영업 금·토/12:00-19:00
휴무 일-목(부정기 휴무 있음)
주소 Chiyoda-ku Sotokanda 2-1-3 Toshin Building New Building B1F
전화 03-6206-8681

소마야 겐시로 상점 相馬屋源四郎商店
영업 10:00-18:00
휴무 일·공휴일
주소 Shinjuku-ku Kagurazaka 5-5
전화 03-3260-2345

Chapter 1

긴자 이토야 본점 銀座 伊東屋 本店
영업 10:00-20:00, 일·공휴일/-19:00
휴무 무휴
주소 Chuo-ku Ginza 2-7-15
전화 03-3561-8311

터치 앤드 플로 도큐프라자 긴자점 ◦폐점
TOUCH&FLOW 東急プラザ銀座店
※ 타 지점 정보는 홈페이지 참고
https://www.touch-and-flow.jp/wp/shopinfo

마크스타일 도쿄 긴자 식스점 ◦폐점
MARK'STYLE TOKYO GINZA SIX店

지.시.프레스 G.C.PRESS
영업 12:00-18:00
휴무 화(공휴일은 영업)
주소 Chuo-ku Ginza 6-5-16 Sanraku Building B1F·1F
전화 03-6280-6720

도쿄 규쿄도 긴자본점 東京鳩居堂 銀座本店
영업 11:00-19:00
휴무 1월 1-3일(부정기 휴무 있음)
주소 Chuo-ku Ginza 5-7-4
전화 03-3571-4429

겟코소 화재점 月光荘画材店
영업 11:00-19:00
휴무 무휴(연말연시 제외)
주소 Chuo-ku Ginza 8-7-2 Eiju Building B1F·1F
전화 03-3572-5605

까렌다쉬 긴자부티크 カランダッシュ 銀座ブティック
영업 11:00-19:00
휴무 무휴
주소 Chuo-ku Ginza 2-5-2
전화 03-3561-1915

모리이치 교바시점 モリイチ京橋店
영업 10:00-17:00
휴무 토·일·공휴일
주소 Chuo-ku Kyobashi 1-3-2
전화 03-3281-3228

포스탈코 교바시점 POSTALCO 京橋店
영업 11:00-19:00
휴무 무휴
주소 Chuo-ku Kyobashi 2-2-1
전화 03-6262-6338

Chapter 2

안제 뷰로 깃테 마루노우치점
ANGERS bureau KITTE 丸の内店
영업 11:00-21:00, 일·공휴일/-20:00
휴무 무휴
주소 Chiyoda-ku Marunouchi 2-7-2 JP Tower KITTE Marunouchi 4F
전화 03-3217-2006

델포닉스 마루노우치 DELFONICS 丸の内 ◦폐점
※ 타 지점 정보는 홈페이지 참고
http://www.delfonics.com/shop

노이슈타트 브루더 그란스타점
Neustadt brüder グランスタ店
영업 월-토·공휴일/09:00-22:00, 일·연휴 중 마지막 날/-21:00
휴무 무휴
주소 Chiyoda-ku Marunouchi 1-9-1 JR Tokyo Station B1F
전화 03-5224-6336

트레니아트 도쿄 그란스타점
TRAINIART TOKYO グランスタ店
영업 월-토·공휴일/09:00-22:00, 일·연휴 마지막 날/-21:00
휴무 무휴
주소 Chiyoda-ku Marunouchi 1-9-1 JR Tokyo Station B1F
전화 03-5224-6100

노이에 그란스타 마루노우치점
Neue グランスタ 丸の内店

투르 드 브레인 구니타치점 ◦ 폐점
Tour de Brain 国立店
※ 투르 드 브레인 사이타마 커쿤점
Tour de Brain さいたまコクーン店
영업 10:00 – 21:00
휴무 –
주소 Saitama-ken Saitama-shi Omiya-ku Kishishiki-cho 4-263-1 Cocoon2 2F
전화 048-643-5506

쓰쿠시 문구점 つくし文具店
영업 13:00-18:00(8월/14:00-19:00)
휴무 화·목
주소 Kokubunji-shi Nishimachi 2-21-7
전화 042-537-7123

Chapter 7

모마 디자인 스토어 오모테산도
MoMa Design Store 表参道
영업 11:00-20:00
휴무 무휴(GYRE 휴무에 준함)
주소 Shibuya-ku Jingumae 5-10-1 GYRE 3F
전화 03-5468-5801

펜 부티크 서재관 Pen Boutique 書斎館
영업 11:30-19:30
휴무 수(공휴일인 경우 익일)
주소 Minato-ku Minamiaoyama 5-13-11 Panse Building 1F
전화 03-6712-5420

스파이럴 마켓 Spiral Market
영업 11:00-19:00
휴무 무휴
주소 Minato-ku Minamiaoyama 5-6-23 SPIRAL 2F
전화 03-3498-5792

문방구 카페 文房具カフェ
영업 11:00-21:00
휴무 화
주소 Shibuya-ku Jingumae 4-8-1 Uchida Building B1F
전화 03-3470-6420

분구박스 오모테산도점 BUNGUBOX 表参道店
영업 11:00-19:00, 토·일·공휴일/-18:00
휴무 화·수
주소 Shibuya-ku Jingumae 4-8-6 Maple House D-1
전화 03-6434-5150

윙드 휠 오모테산도 Winged Wheel 表参道 ◦ 폐점
※ 온라인 제품 구매는 아래 홈페이지 참고
https://www.winged-wheel.co.jp
※ 하구루마 스토어 도쿄 오모테산도
HAGURUMA STORE 東京表参道
(오프라인 제품 구매가 가능한 쇼룸)
영업 11:00-19:00
휴무 토·일·공휴일
주소 Shibuya-ku Jingumae 4-4-5
전화 03-5785-0719

라미 도쿄 아오야마 LAMY Tokyo Aoyama ◦ 이전
※ 라미 뉴우맨 요코하마
LAMY NEWoMan Yokohama
영업 11:00-20:00
휴무 –
주소 Kanagawa-ken Yokohama-shi Nishi-ku Minamisaiwai 1-1-1 NeWoMan Yokohama 7F
전화 045-534-5688

프라이하이트 인 시스. 아트 앤드 크라프트 ◦ 이전
フライハイト in Sis. art and craft
※ 프라이하이트 フライハイト
영업 평일 13:00-19:00/ 주말 11:00-18:00
휴무 부정기 휴무
주소 Chiba-ken Kashiwa-shi Wakaba-cho 5-3
전화 –

파피에 라보. PAPIER LABO.
영업 12:00-18:00
휴무 일·월
주소 Shibuya-ku Jingumae 1-1-1
전화 03-5411-1696

앤드노트 진구마에점 ¬e 神宮前店 ◦ 폐점

Chapter 5

가키모리 <구라마에> カキモリ <蔵前>
영업 화-금/12:00-18:00, 토 · 일 · 공휴일/11:00-
휴무 월(공휴일의 경우 영업)
주소 Taito-ku Misuji 1-6-2
전화 050-1744-8546

콘센트 구라마에 KONCENT Kuramae ◦ 이전
※ 콘센트 고마가타 KONCENT Komagata
영업 11:00-19:00
휴무 무휴
주소 Taito-ku Komagata 2-6-10
전화 03-6802-8433

체독 잡화스토어 ČEDOK zakkastore
영업 12:00-19:00
휴무 월(공휴일인 경우 익일 휴무)
주소 Taito-ku Komagata 1-7-12
전화 03-6231-6639

안제 뷰로 에큐토 우에노점
ANGERS bureau ecute上野店
영업 08:00-22:00, 일 · 공휴일/-21:30
휴무 무휴
주소 Taito-ku Ueno 7-1-1 JR Ueno Station 3F ecute ueno
전화 03-5826-5681

그라피아 아토레 우에노점 ◦ 폐점
GRAPHIA アトレ上野店
※그라피아 요코하마 조이너스점
GRAPHIA 横浜ジョイナス店
영업 10:00-21:00
휴무 무휴
주소 Nishi-ku Minamisaiwai 1-5-1 Sotetsu JOINUS 2F
전화 045-311-7341

Chapter 6

다비야 旅屋
영업 11:00-17:30
휴무 수 · 일 · 공휴일
주소 Nakano-ku Arai 1-37-2 Kato Mansion 1F
전화 03-5318-9177
(점포 임시 휴업중. 홈페이지 확인)

하치마쿠라 ハチマクラ
영업 13:00-19:00
휴무 월 · 화
주소 Suginami-ku Koenji Minami 3-59-4
전화 03-3317-7789

도나리노 トナリノ
영업 11:00-20:00
휴무 제1 · 3수(월별 변동 있음)
주소 Suginami-ku Nishiogiminami 1-18-10
전화 03-5941-6946

조반니 Giovanni
영업 12:00-19:00
휴무 수
주소 Musashino-shi Kichijojihoncho 4-13-2
전화 0422-20-0171

36 사부로 36 Sublo
영업 12:00-20:00
휴무 화
주소 Musashino-shi Kichijojihoncho 2-4-16 Hara Building 2F
전화 0422-21-8118

페이퍼 메시지 기치조지점
PAPER MESSAGE 吉祥寺店
영업 11:00-19:00
휴무 부정기 휴무
주소 Musashino-shi Kichijojihoncho 4-1-3
전화 0422-27-1854

야마다 문구점 山田文具店
영업 11:00-18:00, 토 · 일 · 공휴일/-19:00
휴무 부정기 휴무
주소 Mitaka-shi Shimorenjaku 3-38-4 Mitaka Sangyo Plaza 1F
전화 0422-38-8689

나카무라 문구점 中村文具店
영업 12:00-20:00
휴무 월-금
주소 Koganei-shi Nakacho 4-13-17
전화 042-381-2230

파피에 티그르 PAPIER TIGRE
영업 12:00-19:00
휴무 월·화(공휴일 영업)
주소 Chuo-ku Nihonbashihamacho 3-10-4
전화 03-6875-0431

Chapter 9

고토리 コトリ
영업 11:00-18:00
휴무 월(부정기 휴무)
주소 Kanagawa-ken Kamakura-shi Omachi 2-1-11
전화 0467-40-4913

쓰즈루 TUZURU ◦이전
영업 11:00-17:00
휴무 수
주소 Kanagawa-ken Kamakura-shi Onarimachi 13-41
전화 0467-24-6569

잉크 고호쿠 도큐쇼핑센터점
ink 港北 TOKYU S.C.店
영업 10:00-20:00
휴무 무휴
주소 Kanagawa-ken Tsuzuki-ku Chigasakichuo 5-1 Kohoku TOKYU S.C. A-4F
전화 045-500-9919

코치앤포 와카바다이점 コーチャンフォー 若葉台店
영업 09:00-21:00
휴무 무휴
주소 Inagi-shi Wakabadai 2-9-2
전화 042-350-2800

푼푸쿠도 ぶんぶく堂
영업 17:00-22:00, 제1일 · 공휴일/12:00-19:00
휴무 수·제2-5일
주소 Chiba-ken Ichikawa-shi Yawata 5-6-29
전화 047-333-7669

Chapter 10

마루젠 마루노우치본점 丸善 丸の内本店
영업 09:00-21:00
휴무 1월 1일·9일
주소 Chiyoda-ku Marunouchi 1-6-4 Marunouchi OAZO 1-4F
전화 03-5288-8881

마루젠 이케부쿠로점 丸善 池袋店 ◦폐점

무인양품 우에노마루이 無印良品 上野マルイ
영업 11:00-20:00
휴무 1월 1-3일
주소 Taito-ku Ueno 6-15-1 Ueno MARUI B2F
전화 03-3836-1414

빌리지 방가드 오차노미즈점 ◦폐점
Village Vanguard お茶の水店
※ 타 지점 정보는 홈페이지 참고
https://www.village-v.co.jp/shop/list

도큐핸즈 이케부쿠로점 東急ハンズ池袋店 ◦폐점
※ 타 지점 정보는 홈페이지 참고
https://hands.net

시부야 로프트 渋谷 ロフト
영업 11:00-21:00
휴무 무휴
주소 Shibuya-ku Udagawacho 21-1
전화 03-3462-3807

긴자 로프트 銀座 ロフト
영업 11:00-21:00, 일/-20:00
휴무 무휴
주소 Chuo-ku Ginza 2-4-6 Ginza Velvia-kan 1-6F
전화 03-3562-6210

※ QR코드를 통해 가게 URL 등이 포함된 상세한 가게 정보를 살펴볼 수 있습니다.

싱크 오브 싱스 THINK OF THINGS
영업 11:00-19:00
휴무 수
주소 Shibuya-ku Sendagaya 3-62-1
전화 03-6447-1113

래플 래핑 앤드 디.아이.와이. 플러스카페 ◦ 폐점
WRAPPLE wrapping and D.I.Y.+cafe
※ 래플 후쿠오카 파르코
WRAPPLE FUKUOKA PARCO
영업 10:00-20:30
휴무 부정기 휴무
주소 Fukuoka-ken Fukuoka-shi Chuo-ku Tenjin 2-11-1 Fukuoka Parco Main Building 5F
전화 -

스타로지 래버러토리 도쿄 ◦ 폐점
STÁLOGY LABORATORY TOKYO

트래블러스 팩토리 나카메구로
TRAVELER'S FACTORY NAKAMEGURO
영업 12:00-20:00
휴무 화(공휴일은 영업)
주소 Meguro-ku Kamimeguro 3-13-10
전화 03-6412-7830

Chapter 8

에트랑제 디 코스타리카 롯폰기 아쿠시스점
etranger di costarica 六本木AXIS店
영업 11:00-19:00
휴무 일(부정기 휴무 있음)
주소 Minato-ku Roppongi 5-17-1 AXIS Building B1F
전화 0120-777-519

파버카스텔 도쿄 미드타운
Faber-Castell 東京ミッドタウン
영업 11:00-21:00
휴무 무휴
주소 Minato-ku Akasaka 9-7-4 Tokyo Midtown Galleria 3F
전화 03-5413-0300

리빙 모티프 LIVING MOTIF
영업 11:00-19:00
휴무 무휴
주소 Minato-ku Roppongi 5-17-1 AXIS Building B1F · 1F · 2F
전화 03-3587-2784

식스 six ◦ 폐점

라운더바웃 Roundabout
영업 12:00-19:00
휴무 화
주소 Shibuya-ku Uehara 3-7-12 B1F
전화 03-6407-8892

하이나인 노트 HININE NOTE
영업 13:00-20:00
휴무 화
주소 Shibuya-ku Uehara 1-3-5 SK Yoyogi Building 1F
전화 03-6407-0819

하루카제샤 ハルカゼ舎
영업 12:00-18:00
휴무 화, 제1 · 3수
주소 Setagaya-ku Kyodo 2-11-10
전화 03-5799-4335

다가미 문구점 たがみ文具店
영업 09:00-18:30
휴무 토 · 일 · 공휴일
주소 Kita-ku Higashijujo 2-5-15
전화 03-3914-5651

수버니어 프롬 도쿄 SOUVENIR FROM TOKYO
영업 10:00-18:00, 금 · 토/-20:00
휴무 화(미술관 휴무에 준함)
주소 Minato-ku Roppongi 7-22-2 THE NATIONAL ART CENTER, TOKYO B1F · 1F
전화 03-6812-9933

포르마 아토레 오이마치점 ◦ 폐점
Forma アトレ大井町店
※ 타 지점 정보는 홈페이지 참고
https://forma1947.jp

레용과 물감 등을 아기자기하게 갖춰놓은 문구점, 빈티지 감성의 문구들과 포장지, 엽서, 인형들이 유럽으로 훌쩍 여행을 보내주는 문구점, 기발한 아이디어와 센스가 감탄을 자아내는, 팝하고 유니크한 오리지널 제품들로 가득한 문구점……. 이러한 문구점들은 찾는 손님들도 다양합니다. 문구에 대한 지식이 있어도 좋고 없어도 불편하지 않은, 취향을 소중히 여기는 이들에게 활짝 문을 열어둔 볼거리, 즐길 거리 풍부한 공간, 도쿄의 문구점은 그런 곳입니다.
책을 읽기 전에 우연히 들렀던 문구점을 책을 읽은 뒤에 다시 찾아가니, 문구 마니아인 저자가 소개해준 상품 지식과 가게 포인트 덕에 더욱 깊어진 눈으로 구석구석 알차게 구경할 수 있었습니다. 점원분께는 그런 제가 제법 문구 마니아처럼 보였을까요?
이렇게 문구점을 즐길 수 있게 된 것도 좋았지만, 그보다 문구점이라는 공간의 다채로운 매력과 그곳을 찾아가는 의미를 깨닫게 되어 좋았습니다.
저는 이제 문구점에 제 소중한 취향을 발견하러 갑니다. 제 손에 들린 작은 물건, 색과 감촉을 즐기고, 가격을 들여다보고, 직접 사용해보게 하는 처음 보는 그 자그마한 문구에 저도 잘 몰랐던 제 취향이 담겨 있더라고요. 그 취향을 소중히 하며 또 다른 문구점으로 신나게 발걸음을 옮기는 '문구점 성지 순례'의 시간은 마음 따뜻하고, 즐겁고, 휴식이 되는 시간입니다.
여러분도 이 책을 가이드북 삼아 도쿄의 개성 넘치는 문구점을 신나게 누벼 보시기를. 자신의 소중한 취향을 발견하고, 이미 잘 알고 있다면 더욱 열광적으로 즐기시기를.
그런 와중에 언젠가 같은 문구점에서 서로의 곁을 스쳐 지나갈지도 모르겠습니다.

2022년 12월

도쿄에서 김다미

옮긴이의 말

"도쿄의 문구점"

다채로운 문구들 속에서 내 취향을 발견하며 쉴 수 있는 곳

여러분은 '문구 마니아' 하면 어떤 이미지가 떠오르시나요? 만년필 브랜드와 라인업을 꿰고 있고, 잉크 카트리지를 능숙하게 갈 수 있으며, 늘 같은 브랜드의 조금은 값비싼 수첩을 사용하는 사람……?

'문구점'은요? 학생들이 많이 오가는 학교 앞 길목에 자리한 학용품 파는 곳, 조금 큰 문구점이라면 사무용품을 판매하기도 하고, '팬시점'이라고도 부르는 문구점에는 다양한 종류의 펜, 장난스럽고 재밌는 말이 쓰인 지우개나 필통, 인형 같은 팬시한 물건을 팔기도 합니다. 약속 시간에 늦는 친구를 기다리면서 이것저것 구경하기 좋은 '만만한' 곳이기도 하죠.

그러면, '도쿄의 문구점' 하면 어떤 이미지가 떠오르시나요? 문구 마니아들을 위한 조용하고 고급스럽고 조금 비싼 문구들을 파는 곳? 저는 도쿄의 문구점 몇 곳을 방문한 경험이 있음에도 막연하게 그런 이미지를 갖고 있었습니다.

이 책에서 그림과 함께 속속들이 소개된 도쿄의 문구점들은 '문구점'이라는 단어에 채 담기지 않는, '다양한 문구가 있는 다채로운 공간'입니다. 문구 덕후인 단골손님이 해박한 문구 지식을 갖춘 점원과 깊이 있는 Q&A를 주고받는 문구점, 오랜 역사를 가진 미술용품/원고지/향 전문점, 아름다운 목제 진열장과 서랍장 앞에서 우아한 한때를 보낼 수 있는 펜과 잉크, 노트가 고급스러운 문구점, 동네 골목에 자리 잡고 어린이들을 위한 스티커와 스탬프, 크

FRUITS
YAMADA
CAFE KITOS
HAYATENO
French & JAPAN

TOKYO WAZAWAZA IKITAI MACHINO BUNGUYASAN
by Kouji Hayateno

Original Japanese edition published by G.B.company

This Korean edition published by arrangement with G.B.company through HonnoKizuna, Inc., Tokyo, and JM Contents Agency Co.

옮긴이 **김다미**

연세대학교 국어국문학과를 졸업하고 출판 편집자로 일했다. 호세 대학 대학원 국제 일본학인스티튜트에서 연수생 과정을 수료하고 도쿄에 거주중이다. 옮긴 책으로《쾌: 젓가락 괴담 경연》(공역), 지은 책으로《베개 7호》(공저)가 있다.

오늘도 문구점에 갑니다 꼭 가야 하는 도쿄 문구점 80곳

1판 1쇄 발행 2023년 1월 31일 **1판 2쇄 발행** 2024년 10월 25일

지은이 하야테노 고지
옮긴이 김다미

펴낸이 박강휘
편집 백경현 장선정 **디자인** 조은아
마케팅 이헌영 **홍보** 반재서 이태린

발행처 김영사
주소 경기도 파주시 문발로 197(문발동) 우편번호 10881
등록 1979년 5월 17일(제406-2003-036호)
구입 문의 전화 031)955-3100 **팩스** 031)955-3111
편집부 전화 02)3668-3289 **팩스** 02)745-4827 **전자우편** literature@gimmyoung.com
비채 블로그 blog.naver.com/viche_books
인스타그램 @drviche @viche_editors **트위터** @vichebook
ISBN 978-89-349-4232-0 03830 책값은 뒤표지에 있습니다.

비채는 김영사의 문학 브랜드입니다.